なんらかの事情

岸本佐知子

筑摩書房

目次

装幀・イラスト　クラフト・エヴィング商會（吉田浩美・吉田篤弘）

なんらかの事情

才能

もしもこの世にレジで一番遅い列に並んだ人が優勝する競技があったら、私は確実に国体レベルで優勝する自信がある。ひょっとしたらオリンピックでもメダルを狙えるくらいの才能ではないかと思う。

むろん私だって、好きで一番遅いレジに並ぶわけではない。数々の経験と失敗を積み重ね、少しでも速いレジに並ぼうと日々たゆまぬ工夫と努力をしているのだ。

まずは、レジ係の人の技能を見きわめる。駆け出しのころはよくこれで失敗した。あ、あのレジ列が短い、と思って並ぶと、係の人が胸に〈研修中〉という赤い札をつけている。そういう人はたいてい、硬いものを下に置くことにとらわれたり、値段をいちいち言うので手が遅くなったり、バーコードをピッといわせられなくていろんな角度に傾けた挙げ句に手で入力したりしてもたつく。列の長かった隣のレジにどんどん追い越される。

並んでいる人数ではなく人々のカゴの中の買い物の量を見る、これも基本だ。カゴなしでビールとお惣菜だけを手に持っている男の人が二人くらい混じっていたりする、そんな列は狙い目だ。

　レジ係の人数も重要な見きわめポイントだ。レジ打ちの人が研修中でなく、列の長さも同じくらいでも、そこに袋詰め係の人がヘルプでついているかいないかで、進み具合は俄然ちがってくる。

　そういったことをすべて勘案し、考え抜いた末に列を選んでも、必ずと言っていいほど何か予想外の事態が出来《しゅったい》し、私の並んだ列が遅くなってしまう。しかも「あっちのほうが速そうだ」と思って途中で別の列に転向した場合、前の列のほうが結果的に速くなる率はほぼ百パーセントに跳ね上がる。もはや天才ではないかとさえ思う。

　今日も私の才能は炸裂した。ざっと見渡して、同じくらい短い列は二つあった。だがAのほうはカゴの中身が少ないうえに袋詰めの係がついていて、Bにはいなかった。ここは迷わずAを選択だ。すると私がAに並んだ瞬間、Bに袋詰めの援軍が入った。軽く動揺したが、それでもこちらにはカゴの中身の少なさという切り札がある。

　だがよく見ると、こちらの袋詰め係の人の動作はひどくおっとりとしている。顔も胸の名前もどことなくお公家さまっぽい。しかも彼は何か上の空で、しきりに向こうの野菜売り場のほうを伸び上がって見ている。対するBの袋詰めの人は色黒筋肉質で、てきぱきし

た手つきでどしどし品物を詰めていく。私より後に来てBに並んだピンク色のスカーフの女の人が、早くもレジまであと一人になった。こちらも前に小さいお婆さんが一人いるが、カゴの品物は四つくらいだからまだ勝算はある。お婆さんのレジ打ちはつつがなく終わり、さあ支払いかと思ったら、お婆さんがコンニャクの賞味期限について何やら質問を始める。その間にBは一人終わってピンクスカーフの番になる。賞味期限に関する質問が済んでやっと支払いかと思ったら、お婆さんは今度はタバコをカートンで注文する。いつの間にか袋詰めの人はいなくなっており、レジの人が自分でそれを取りに行く。戻ってきていよいよ支払いかと思ったら、お婆さんはそれらすべてを何かややこしい商品券で払いだす。お婆さんが商品券の裏に住所と名前を書いて今度こそ支払いが終わり、やっと私の番になる。レジの人がおもむろにレシートの巻紙の交換を始める。ひどく手間取る。マイクを取り、「××番レジ、応援願います」とアナウンスする。人がわらわら集まってきて、奥にぐしゃぐしゃになって詰まった紙を取り除こうとする。ピンク色のスカーフはすでに店の外に出て見えなくなっている。

万雷の拍手がわきおこり、どこか知らない世界のスタジアムで私が金メダルを授与されている。

ダース考

ダース・ベイダーも夜は寝るのだろうか。

二週間ほど前にその考えが浮かんで以来、ずっとダース・ベイダーのことを考えつづけている。

数々の悪の執務を終えて、一日の終わりに自室に下がるダース・ベイダー。それはどこにあるのだろう。デス・スターの中だろうか。それとも大きな宇宙船の中か。広さはどれくらいだろう。やはり偉いのだから、最低三十畳ぐらいはあるような気がする。それともスペースの限られた宇宙船内ゆえ、案外つましく六畳ぐらいだったりするのだろうか。

インテリアはやっぱり黒で統一しているのだろうか。壁紙も黒。天井も黒。カーペットも黒。いやカーペットじゃない気がする。たぶん黒のリノリウム。もしくは大理石。黒のデスク。黒の椅子。カーテンは、カーテンはたぶんない。

悪の執務を終えて、一日の終わりに自室に下がるダース・ベイダー。自動ドアが背後でシュッと閉まる。一人になった瞬間、何を考えるだろうか。疲れたな、と一瞬でも考えるだろうか。ふっと溜め息をつくだろうか。いやしかしダース・ベイダーは常にぷしゅーっ、ぷしゅーっ、と呼吸しているのだ。溜め息をついてもぷしゅーっ、ぷしゅーっに紛れて聞こえない、たぶん。

執務を終えてダース・ベイダーは自室に下がる。黒マントを脱いでハンガーにかける。手袋を取って台の上に置く。ブーツも脱ぐだろうか。マントの下に着ている、あの鎧みたいなものも脱ぐだろうか。脱ぎながら、何を考えるだろう。私たちが夜、服を脱ぎながらぼんやりと心をさまよわせる、そんな瞬間がダース・ベイダーにもあるのだろうか。あるとすれば、それはデス・スターの完成の遅れを咎める悪の提督と無能な部下の板挟みになっていることについてだろうか。あるいはジェダイだった頃の思い出だろうか。それともそんな人間らしい感情はとうの昔になくして、空っぽの心に、ただぷしゅーっ、ぷしゅーっという呼吸音が響いているだろうか。

そしてあのヘルメット。あれは顔と一体化したものとばかり思っていたが、じつは脱げるものであることを私たちは知っている。下には普通の人間の顔があった。一日じゅうヘルメットをかぶって、自分の呼吸音を聞く気分はどんなだろう。中は蒸れないだろうか。汗や顔の脂で、内側がぬるぬるしないだろうか。数々の悪の執務を終えて自室で一人にな

「……」

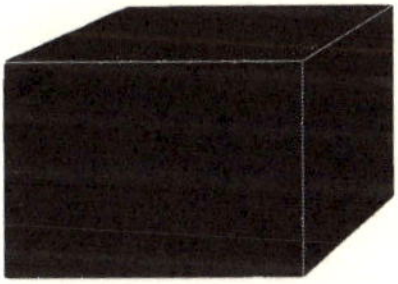

って、ダース・ベイダーはヘルメットを脱ぐだろうか。一日の終わりに初めて顔に頭に涼しい外気を感じて、やっと人心地がつくだろうか。汗ばんだ顔や頭を洗うだろうか。そして脱いだヘルメットを横に置いて、眠りにつくだろうか。

それともマントも手袋もブーツも脱がず、ヘルメットも取らずに立ったまま眠るだろうか。あるいは全身がサイボーグ化されているので、もはや眠る必要もなく、休むことなく悪の執務に従事しているだろうか。

ところで、つい先日会った人によると、ダース・ベイダーが登場するときに必ずかかる、あのテーマ曲には歌詞があるのだそうだ。

ダース・ベイダー　こわい
ダース・ベイダー　くろい

運

私はいろんなものの運がない。

たとえばスプレー運がない。ガラスクリーナーであれ香水であれ靴の防水スプレーであれ、何かしら故障が起こるか管が詰まるかして、中身は相当量入っているのに捨てるはめになることがしょっちゅうだ。

ボタン運もない。買ってきた服のボタンが、必ずといっていいほど初めて着たその日のうちにぶらぶらになって垂れ下がる。安い服ならまだしも、奮発した服にかぎってそうなる。たいてい細い糸でひどくいいかげんに縫いつけてあり、猿がやったのではないかと疑いたくなる。なぜ私が必ず猿がボタンつけをした服を買ってしまうのかわからないが、その同じ猿がしばしば私の買う服の裾のまつり縫いも担当しており、だから私には裾運もない。

買ったばかりのズボンやスカートの裾が、一回か二回はいただけでおりる。どんなに気をつけてはいても必ずおりる。縫わなければと思いつつ、脱ぐとついそのままましまってしまうので、次にはこうとしても出かける直前で縫う時間がない。それが永遠に繰り返され、もう二度とはく機会は訪れない。

そして傘運もない。

今までの人生で、気に入った傘、大切な傘はすべて不幸な末路をたどった。

たとえば小学校二年のとき。真っ赤な生地に白いボタンをたくさん縫いつけた傘が宝物だった。ある日それを皆の前で自慢げに開いたら、勢いあまって金具を天辺まで押しあげてしまい、二度と元に戻らなくなった。閉じなくなった傘は、担任の先生がプロレスみたいに両腕を輪にして抱えこみ、バキバキと鯖折りにした。

中学三年のときは、〈わんぱくデニス〉の絵のついた、持ち手が黄色い透明傘だった。ある日帰ろうとしたら、傘立てにそれがない。ナマハゲの形相で探しまわった結果、傘はなぜか一年生の下駄箱のところに引っかけてあり、「く」の字に曲がっていた。それをすこし離れたところに固まって「どうしよう……」とひそひそ言いながら青い顔で見ている五、六人の一年生がいて、私と目が合うと「キャーッ」と言いながら散り散りに逃げていった。

傘にまつわる数えきれない悲しい思い出の最後は、誕生日プレゼントにもらった細身の赤い傘だった。初めておろしたその日に地下鉄の駅で公衆電話の横に置き忘れ、すぐに気

づいて引き返したらもうなかった。その間およそ十秒。その日を境に、もう一生ビニール傘しか持たないと決めた。

傘運のない私だが、ビニール傘運だけはある。強力にある。

愛情のかけらだになく、なくなればいいと思いながら使っているのに、いつまで経ってもなくならない。むしろ増えていく。もう五年も使っているビニール傘が家にはある。

ある日ひどい強風のなかを歩いていたら、さしていたビニール傘が裏返って骨の部分とビニール部分がばらばらになった。通りがかりの花屋の人に「すいませんが捨ててください」と渡して百メートルぐらい歩いたら、後ろから大声で呼びながら走ってくる足音がする。はあはあ言いながら「あの、これ」と笑顔で渡されたのは、見事に修復されて元通りになったさっきのビニール傘だった。

いま、家にはとてもいい傘がある。一見するとコウモリだが、開いて見上げると内側に青空が描いてある。一度でも外に持っていけば間違いなく今生の別れになる、それが確信できるほどその傘を私は気に入っている。

外でさせないので、ときどき家の中でさしてみる。雨の日にさして部屋の中を歩きまわる。床の上に開いて置き、その中にうずくまってみる。青空をバックに記念撮影する。

蜜月ではあるが、それはもう傘ではない別の何かだ。

変化

聞くと何となくモヤモヤする言葉、というのがある。

たとえば「諭旨免職」なんかがそうだ。耳で聞くと、どうしても頭のなかで「油脂免職」と変換されてしまう。

油脂免職。それはどんなものなのか。たぶん、普通の免職つまりクビ、に何らかの油脂の要素が加えられたものだ。クビを言い渡されたあげく油を一気飲みさせられる、とか。クビになり荷物を箱に入れて去っていく、その出口までの廊下にずっと油が塗ってある。あるいは油脂部屋と呼ばれる仕置き部屋が会社のどこかにあり、そこに閉じこめられて全身に油脂を塗られる。塗られる油は、その人のしでかしたミスに応じてサラダ油、ごま油、ラード、ガソリン、重油とランクが上がっていき、最も重大な過失に適用されるタールを塗られるとそれはつまり塗炭の苦しみということであり命を落とす場合もある。

尻子玉、という言葉もかなりモヤモヤする。

まずそれが具体的にどんなものなのか、頭の中で視覚化できないのがもどかしい。尻子玉といえば河童に抜かれるものと相場が決まっているが、河童はそれをどこからどうやって抜くのか。やっぱり尻からだとすると、直径はどれくらいなのか。あまり大きいと、痛い。以前テレビで「馬が急に暴れ出したと思ったら尻からポンと出てきた玉」というのを見たことがあるが、それは真っ白でハンドボールぐらいの大きさがあった。もしあれが尻子玉だとするなら、人間に直すとだいたいソフトボールぐらいだろうか。やっぱりけっこう大きい。

ということについて否応なしに考えてしまううえに、「しりこだま」は脳内で「尻谺《しりこだま》」と変換され、尻の中の空洞でヤッホー、ヤッホーとこだまが響き合うような気がして、二重にモヤモヤする。

立ち合いと同時に変化しました、というのもそうだ。

もちろん本当の意味は頭ではわかっている。わかっているけれど、つい違うことを考えてしまう。

山田山、立ち合いと同時に全身が緑色に変化しました、とか。

山田山、立ち合いと同時に両脇からさらに二対ずつ腕を生やして六本の腕で相手のまわしをがっちりとつかみました、おっと対する鈴木山も負けずに変化、体を二倍に巨大化さ

諭旨免職
油脂免職
諭旨免職

せて背中から翼を生やしました。とか。

あるいはそれはもっと内面的な変化なのかもしれない。

時間いっぱいとなり手をついた瞬間、山田山はふと、遠くに行きたい、と思った。おれはこんなところで何をやっているのだろう。なぜこんな太った体で、こんな髪形をして、裸に近い恰好で、同じようななりをした男と輪の中で這いつくばっているのだろう。ここにいる大勢の人々は、これのどこが面白くてこんなに歓声をあげているのだろう。すべてが虚しい。勝ち負けなんて無だ。おれは誰にも勝ちたくなんかない、今はただひたすら故郷の海が見たい。奇妙な袴を着け、うちわのようなものを持った老人が「時間です」と言っている。鈴木山が立ったのでおれも立ったが、踏み込まず、その場で棒立ちになった。投げるなりすくうなり好きにすればいい。鈴木山の目の奥で何かが動いた。それは敵意とは違う、ふしぎと温かな何かだった。と思った瞬間あいつの姿が消え、おれの体がふわりと浮き上がった。肩ごしに見上げると、背中から大きな翼を生やした鈴木山が鉤爪でおれの肩をつかんでいる。みるみる土俵が小さくなる。袴の老人も、ひしめく観衆も、黒紋付の連中も、あっけに取られてこちらを見上げている。

国技館の屋根を突き破ると、東京の空は青かった。「おまえの故郷、沖縄だったよな」上のほうで鈴木山が、ばさりと大きく翼を鳴らした。

物言う物

このあいだ、デパートのトイレに入ったら便器がしゃべった。

「このトイレは、自動水洗です」

驚いた。便器に話しかけられることは、まったく想定していなかった。この先、さらに何か言うつもりだろうか。いろいろ指図したり感想を述べたりするのだろうか。そう考えだすと恐ろしくなり、何もしないで出てきてしまった。

その数日後、車を運転していたら、今度は車がしゃべった。

「ガソリンが、なくなりそうです」

また驚いた。数年間の付き合いで一度も口をきいたことがなかったので、そういうものとばかり思っていた。電信柱にぶつけたときも、ドアミラーをこすったときも、友達の家に忘れて電車で帰ってしまったときも何も言わなかったのに、もしかしたら今までずっと何か言いたいのをこらえていたのだろうか。

さらに意外だったのは、この車が女であったことだ。何となく男、それもくたびれた中年男のような気がしていた。そういえば、便器も女だった。実家では冷蔵庫がしゃべる。「ドアが開いています」「ドアが開いています」「ドアが開いています」と、いつまででも言いつづける。あの冷蔵庫も女だ。

なぜみんな女なのか。似たような、やけに落ちついた感じの成人女性ばかりというのも気になる。その物のキャラに応じて、若者とか幼児とか老婆だったりしてもよさそうなものだ。それに、状況しだいで切羽詰まっていたり懇願するようだったり厳しく咎めだてする等の調子がこもっていたほうが、訴求度も高い気がする。

「ガソリン……ガ、ガソリンを……」

いや、しかしそれ以前に、それは本当に言う必要があることなのか、という問題がある。ガソリンがなくなりかけていることぐらいこちらもとうに気づいていたのであって、改めて言われると少しむっとする。「このトイレは、自動水洗です」だからどうだというのか。勝手に水を流すなということか。それとも単なる自慢か。

それよりも、口をきいてほしい物は他にある。たとえば目覚まし時計。肝心なときにか

ぎって電池が切れる。予告なしに切れる。電池がなくなる少し前に知らせてくれれば。あるいは、パソコン。もしも具合が悪いなら、そしてこのままいけば何もかもが無に帰す恐れがあるなら、事前にひと言そう言ってほしい。ついでにどうしてほしいかも教えてほしい。

臓器なんかも、しゃべったらいいんじゃないかと思う。たとえば肝臓。〝物言わぬ臓器〟などと言われ、病気が見つかったときには手遅れであることが多い。そうなる前に警告を発してもらう。たぶん初老の、訥々《とつとつ》とした職人気質の男の声だと思う。

「もう、堪忍してください」

その調子で、いろんな臓器がそれぞれにコンディションを訴えかける。人々はそれに耳を傾ける。みんな無茶をしなくなる。病気が減る。

でも満員電車はうるさくて仕方がないだろう。

「胃に穴が開いています」「腸にポリープができています」「動脈が硬いです」「尿道に石があります」「肺が真っ黒です」「頭がおかしいです」「虫歯があります」「頭がおかしいです」

雪強盗

私がひそかに愛好している文学賞に「日本タイトルだけ大賞」がある。その名の通り、内容は一切関係なしにタイトルのインパクトのみで決められる賞で、二〇一一年度の大賞は『奥ノ細道・オブ・ザ・デッド』という本に決まった。他にも『息するだけダイエット』『薄毛の食卓』『人間の条件――そんなものない』『ブッダに学ぶゴルフの道〈地の巻〉』『教えない教え』等々のノミネート作品があり、どれも味わい深い。

　私がこの賞を好きなのは、本をタイトルだけで気に入る、ということが自分にもたびたび起こるからだ。しかもタイトルからあれこれ想像が広がりすぎて、実際に読むまでもなく満足してしまう。というか実際に読んでみて想像と全然ちがっていたらどうしようと怖れるあまり、永遠に読めずに終わる。

　たとえば何年か前の本で『チョットいい犯罪』というのがあった。『チョットいい犯罪』。何度でも口に出して言いたくなる。いったいどういう犯罪を〝チョットいい〟と呼ぶのだろう。凶悪ななかにも人情味あふれるハートフルでほっこりとした犯罪、だろうか。次々と人を殺して臓器を摘出、移植を待つ全国の子供たちに氷づめにして届ける、とか。時価一億円の盆栽を盗み出して北海道の広々とした大地に移植、大木に育てる、とか。政府要人を武器で脅して拉致、一日いっしょにディズニーシーで遊ぶ、とか。

じつは私も脳内に貯えている独自の「お気に入り犯罪ファイル」があって、このタイトルを目にするたびにそれが音もなく開く。

たとえば何十年か前にあった「女装受験事件」。娘の替え玉でお父さんが女装をして女子大を受験したが、監督官に怪しまれて発覚した。お父さんはスカートをはいて、化粧もしていた。化粧は誰にやってもらったのだろうか。妻だろうか、娘だろうか。それとも自己流だろうか。親子は今ごろどこかで幸せだろうか。気になる。あるいは「地下鉄カギ事件」。二十年ほど前、某地下鉄の車掌室のカギの複製が出回って、けっこうたくさんの男女が、車両の端の車掌室（本当の車掌がいる最後尾ではなく、途中の連結部にあるほう）に合鍵を使って入りこみ、すし詰めのラッシュ時に楽ちん通勤をしていた。「机文字事件」。中学校の校庭に、一夜にして教室の机と椅子を並べて巨大な「9。」という文字が描かれた。「9。」の字があまりに美しかったため、宇宙人説、組織の暗号説、大災害の前触れ説等々さまざまな憶測が流れたが、けっきょく卒業生のしわざだった。「タバコ盗人」。タバ

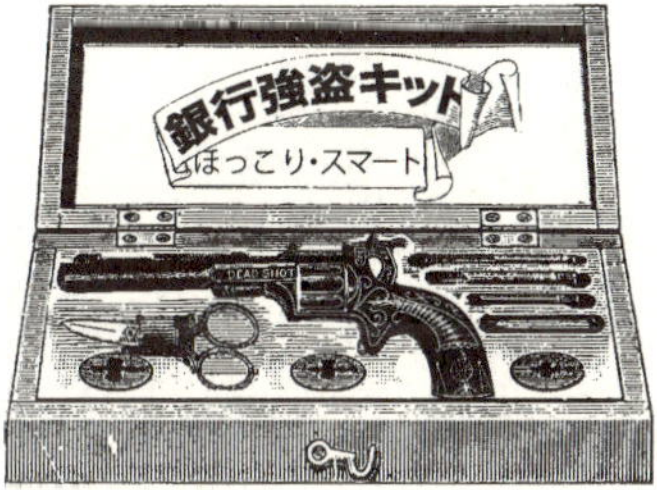
銀行強盗キット
ほっこり・スマート
DEAD SHOT

コが大幅に値上げされる直前、男がコンビニからタバコを大量に盗んで捕まった。理由は「値上げされる前に盗んでおきたかった」。

なかでも私の一番のお気に入り犯罪は「雪銀行強盗」だ。

ある年の冬、北海道の銀行に強盗が入った。犯人は若い男一人。彼は銀行の入口脇に雪かきして積み上げてあった雪を両手ですくって行内に入っていき、「手を挙げろ、金をよこせ。さもないとこれをぶつけるぞ」と言った。そして大金（数百万円だか数千万円だか）を奪うと立ち去った。

なんというエレガンス。誰ひとり傷つかないうえに、元手はゼロ。凶器は完璧に消滅し、指紋も残らない。天然自然の素材のみを使用した、エコでロハスな犯行。イギリスに、石とか木の枝とか枯れ葉を積み上げたり組み合わせたりして彫刻を作るアンディ・ゴールズワージーという芸術家がいるが、ちょっとあんな感じだ。

彼はいつ、どうやってこの犯行を思いついたのだろう。積み上げてあった雪を見て急に思い立ったのだろうか。こんなにうまくいくと思っていただろうか。まだ捕まらずにいてくれるだろうか。『チョットいい犯罪』に、彼のことは載っているだろうか。

応援

何年か前まで、家の近くに旧式の郵便ポストが立っていた。現在普通に見られる、四角い金属製で投函口が二つあるタイプのものではなく、円筒形で学帽のような形の屋根ののった、口の一つしかない、朱色に塗られた鋳鉄製のやつだ。

当時すでに旧式のポストは珍しく、レトロなテーマパークぐらいでしか見られなくなっていたのだが、都内の住宅地のパン屋の店先に、なぜかそれはいつまでも現役で立っていた。

私はひそかにそれを応援した。おそらく裏通りの目立たない場所にあるから、うっかり忘れられたのだろう。ならばこのままずっと忘れられたままでいてほしい。

だが私がその希少さに気づき、心の中で応援を始めてからひと月と経たないうちに、ポストは新型のものと取り替えられてしまった。何であれ、あったものがなくなることの嫌いな私は悲しんだ。一つだけぽつんと残されているものに、幼稚園のころお弁当を食べるのが遅くて居残りさせられていた自分が重なるのかもしれなかった。

思えば「じょんがら天気予報」のときもそうだった。「じょんがら天気予報」は、私が高校生のころ深夜の民放でやっていた三分番組で、天気図の前でアナウンサーが明日の天気予報を読み上げるというごく普通の形式のものだったが、ＢＧＭがなぜか毎回じょんがら節だった。アナウンサーも他の番組では見かけないようなくたびれたおじさんで、いつもゴルフシャツみたいなものを着て、悲しげな顔で天気を読み上げていた。

私はその番組を応援した。世の中でこんなものを観ているのは自分一人に違いないという気がした。じっさいクラスの誰に聞いてもそんな番組は知らないと言う。だが私が熱心に観るようになってしばらくして、「じょんがら天気予報」が突然「あいや天気予報」（時間帯も人も同じだが、音楽が〝あいや節〟というものだった）に変わったかと思うと、ほどなくそれもなくなってしまった。

考えてみると、私の人生はこれの連続だ。商品でも雑誌でもスポーツ選手でも、私が心ひかれて心の中で応援を始めると、とたんに消えてしまう。もしかしたら自分は呪われた力の持ち主なのだろうか。いや、それとも私そのものが、何らかのセンサーとしてこの世に存在しているのだろうか。世界の進化を司る当局が、私というセンサーを使って人類の将来にとって不必要で後ろ向きなものを探知し、それらを選択的に絶滅に追いやっている

のだろうか。ならばいっそもう何も応援しなければいいとも思うが、そうすると今度は役目をなさない私のほうが絶滅に追いやられるかもしれない。

私はいま、ひそかに気にかけているものがある。〈カルミック〉だ。公共のトイレで昔からよく見かける、便器の配水管の途中から枝分かれして壁に取り付けてある、あの小さな銀色の箱。あれはいったい何をするためのものなのか。あの上部の穴の部分からいい匂いが出てくるのだろうかとか、あそこが実はマイクになっていてすべてを録音しているのかもしれないとか、いや逆に緊急時に放送が鳴り出すスピーカーではないかとか、子供の頃からいろいろに推理し、大人に質問してみたりもしたが、答えの出ないまま現在にいたっている。今ではトイレで目にするたびに感じるその釈然としない感じも含めて、私は〈カルミック〉を好ましく思っている。応援したい。だが、できない。ただでさえ最近ではめっきり見かけることが少なくなった。〈カルミック〉の存亡は私の肩にかかっている。だから代わりに、公共の洗面所に昔から必ず据えつけてある、例の液体せっけんを応援することにした。あのあくどい緑色、妙な匂い、泡立たなさ。早くなくなればいいと思うのに、まだなくならない。

本当に、心の底から、私はあの液体せっけんを応援している。

おもなできごと

×月×日

渋谷の雑踏を歩いていて、前を歩いていた人と一瞬手をつないでしまう。

そのとき相手（三十代前半サラリーマン風）が振り返ってこちらを見たときの表情は、純度百パーセントの「照れ顔」として私のデータベースに記録された。

「純粋表情」に出会う機会は意外と少ない。今のところデータベースに保存されているのは「純粋勝ち誇り顔」と「純粋激怒顔」、そして「純粋迷惑顔」の三つだけだ。

×月×日

久しぶりに「うりずん」がやって来る。

「うりずん」がやって来ると、判で押したように「デラシネ」と「ヘルダーリン」もついてくる。

辞書で調べれば意味はすぐにわかるのだろうが、来なくなってしまうと寂しい気もするので、そっとしてある。
どっちみち、たいてい半日ほどいて帰ってしまう。

×月×日
先達のX先生が地下街の店先でエプロンをつけて、猫缶の実演販売をしている。蓋をパカッと開け、フォークをつっこんで「うまい、うまい」と言いながらあっと言う間に平らげる。すぐに次の缶を開けてそれもあっと言う間に完食する。見ている私たちはだんだん不安になりながらも、こんなに偉い先生がおいしいと言うのだから本当においしいのかもしれないと思いはじめている。

×月×日
エリツィンが死んだ、という記事を新聞で見る。プーチンが追悼演説をすると書いてある。
いったいどんな演説をするのだろう。と思うそばから、もうプーチンの代わりに草稿を考えてあげている自分がいる。

「同志ボリス・エリツィンに私は非常な親愛の情を感じておりました。何となれば、エリツィンの〝ツィン〟に、プーチンの〝チン〟。〝ツィン〟と〝チン〟。二つの間にはなんと響きあうものがあることでしょう！」

頭の中で、プーチンが私の差し出した草稿をびりびりに破いて捨てる。

×月×日

渋谷駅前に、上はグレーの背広にネクタイで下は白の半ズボン、革靴にハイソックス、探検隊がかぶるような布張りヘルメットをかぶって手に捕虫網を持ったちょび髭の男の人が立っている。

交差点を渡り、公園通りを歩いていると、向こうからワイシャツネクタイの上にサッカー日本代表の青いユニフォームを重ね着し、ウェストポーチをきつく胴に巻きベージュのグルカショーツをはいたちょび髭の男の人が歩いてくる。

十中八九、二人は待ち合わせ。

×月×日

プーチンの演説について、まだ気にしている自分がいる。

「同志ボリス・エリツィンと私は無二の親友でありました。何となれば、二人の間には〝髪形が木彫りっぽい〟という共通点があり」

プーチンが、私の草稿を読まずにゴミ箱に捨てる。

Uri Eri Poo

D熱

甘い物がなければ仕事ができない。机の右奥にコーヒー、手前に甘い物。そういうふうになっていないと、手も脳も動かない。

最初からすごく好きだったわけではない。はじめのうちは仕事を始めるときの儀式にすぎなかったのが、だんだんと「この儀式が儀式として効力をもつためには自分は大変な甘い物好きでなければならないはずだ」という変な逆転現象が起こり、本当に甘い物なしでは駄目になった。

高級品よりも、むしろコンビニで売っているような駄菓子のほうが後腐れもなく好ましい。そして仕事がはかどらない時ほど、比例して消費量は増える。

だがそうやって来る日も来る日も甘い物を食べつづけていると、ある日突然、そう二か月に一度くらいの割で、猛烈に塩辛いものが食べたくなる瞬間がやってくる。ふいに口の中や鼻の奥に充満している甘い味に我慢がならなくなる。チョコレートなんて見るのも嫌だ。矢も楯もたまらず食料棚や冷蔵庫を漁るが、シュークリームや大福やクッキーや甘納豆やアイスクリームやロールケーキやプリンや饅頭はあっても、塩辛い味のものが一つもない。

そんな時に頭をよぎるのが、〈D〉というスナック菓子のチリタコス味だ。あの三角に成形されたコーンの揚げ物の中から、真っ赤なチリパウダーがなるべくこってり付いているのを選《よ》って食べる。口いっぱいに広がるジャンクな塩味と辛味。そう思ったら、もう小走りに近所のスーパーを目指している。

入口からまっすぐ菓子コーナーに向かい、カゴの中に〈D〉の袋を二つ放り込み、それだけだと〈D〉だけを買いにきたことがわかって恥ずかしいので、カモフラージュのために野菜や卵なども少し買う。

やっと人間らしい理性と判断力が戻ってくるのは、レジを済ませて自分で袋詰めをする段になってだ。レジでくれる袋は半透明で、中身が透けて見える。このままでは買い物の主たる中身が〈D〉であると道行く人々に見破られてしまう。裏を外に向けたり、野菜と卵で隠そうと苦慮した挙げ句、持ってきた手提げバッグに〈D〉を無理やりに詰め込むという手段に訴える。だが店を出て数メートル歩いたところで重大な欠陥に気づく。レジ係は〈D〉二袋と野菜および卵用に、かなり大きい袋をくれた。ところが〈D〉を無理やり手提げに詰め込んだせいで、片手にはち切れそうな手提げ袋、片手には野菜と卵が入っただけのスカスカのレジ袋、というひどく不自然なことになってしまっている。これでは私が〈D〉を二袋も買い、あまつさえそれを恥じて隠蔽工作まで行ったことが、洞察力の優れた人には一目でわかってしまうかもしれない。

それはたとえば町内の推理好きのご隠居と、そのご隠居といつも推理比べをしている利発な少女の二人組だ。彼らはいつも殺人の絡まない、普通の人が見過ごしてしまうような事象に着目して、その裏に潜む人間心理を解き明かす遊びに興じている。「ほらごらん、あの人、何か変だと思わないかね」とご隠居が言う。「あ、レジ袋がスカスカだわ。なのに手提げ袋はパンパン！」と少女が言う。「ご名答。さて、どうしてだと思う？」ご隠居は生徒の答えに満足げに目を細めつつ、言う。

二人は自分たちの推理の正しさを確かめるために、必ず〝答え合わせ〟をする。パンパンの手提げとスカスカのレジ袋を両手に持った私のそばに物陰からすっと近寄っていって、「すみませんが、ちょっとその手提げの中を見せていただけませんか？」と声をかける。

二人が潜んでいるのは、あの最後の曲がり角の、生け垣の陰だ。私は大きく息を吸い込み、猛ダッシュする準備をする。

上映

死ぬ間際には、それまでの人生の思い出が走馬灯のように目の前に立ち現れるとよく言われる。

その走馬灯の準備を、そろそろしておいたほうがいいのではないかと最近思うようになった。

死ぬ時はたぶん苦しい。どこかが痛いかもしれないし呼吸ができないかもしれない。血とか内臓とかが出ていたりするかもしれない。だったらせめて目の前で上映されるシーンくらいは、楽しいものや愉快なもの、ドラマチックなものだけで構成されていてほしい。そのほうが気がまぎれるし、いい人生だったなあと思いながら死ぬことができようというものだ。

しかし人はいつ死ぬかわからない。右のようなことをただ漠然と思っているだけではだめで、いつ死が襲ってきても最高の上映ができるように、抜かりなく準備をしておく必要がある。

だから、まずは走馬灯の手入れ。

歯車の一つひとつに油を差し、錆びついた箇所がないか注意ぶかく点検する。回転部を回してみて、滑らかに動くかどうか確かめる。柔らかな布でレンズの曇りをぬぐい、電球が切れていたら取り替える。肝心の時にリールがひっかかったり、うまく回らなかったり、スクリーンが真っ暗だったりということのくれぐれもなきように。

その一方で、ソフト面の充実にも日々これ努める。

たとえば寝る前などに心静かに自分の来し方を振り返り、楽しかったこと、嬉しかったことを思い出し、それらのシーンをつなげてフィルムに編集する。

いろいろあったはずなのだが、いざ思い出そうとするとけっこう出てこない。

楽しかったこと。

楽しかったこと。

小学校四年のとき、隣の席に座っていた子が、急に「鼻ってくさい！」と言いだした。半信半疑でやってみた。鼻の先端を指で下向きに押さえ、唇をタコのようにすぼめて鼻から息を吸う。ほんとだ。すごく変なにおいがする。脂がうっすら焦げたような。そのときの新鮮な驚き。いつもにおいを嗅いでいる鼻そのものがくさいだなんて、灯台もと暗しとはこのことだ！

楽しかったこと。もっと人生の最後を飾るにふさわしい、華やかな。

十年ほど前の夏、まだ犬が生きていたころ、夕方散歩に連れていった。薄暗い竹藪の横を通るとき、下草の茂みの中で何かがびくっと動いた。立ち止まって足をどんと踏みならした。またびくっとした。どんと踏む。びくっとする。なんだか楽しい。どん。びく。どん。びく。やめられなくなってきた。どんびくどんびくどんどんどんびく。どれくらいそうしていたか、気がついたら日が暮れていて、夕焼けがすごくきれいだった。

中学のころ、唾シャボン玉飛ばしがはやった。みんな競ってシャボン玉作りの技を磨いた。猛者《もさ》になると一度飛ばしたやつをまた舌で受け止めて、何度でも繰り返し飛ばしたりした。だが私は飛ばすどころか、満足にシャボン玉さえ作れなかった。でも一度だけ、放課後みんなで窓にもたれて話しているときに、何気なくやったら成功した。人生初の唾シャボン玉は風に乗って、意外なほど高くふわふわ舞っていった。

だめだもう目が閉じる。

まだ何も巻かれていない空のリールがカラカラと回る音を聞きながら、今日もまた睡魔に呑まれる。

走馬灯メンテナンスキット

マシンの身だしなみ

五年生の家庭科の時間に、一人に一個、裁縫セットというものが配られた。女子はピンク、男子はブルーのつるつるしたプラスチック製の四角い箱で、中には見慣れない道具一式が詰まっていた。水色の平たくのした三角形のクレヨンみたいなもの。ミニチュアのピザカッターめいた器具。先端に平べったい円盤がついた針。トルコブルーのコーデュロイでくるんだ極小クッション。焦げ茶の革の、受話器の送話口みたいな穴があいた指輪状のもの。

それらは授業の過程で一つずつ用途や名前が明らかにされていったが、最後まで何の言及もなく、使い方も説明されなかったものがあった。それは縫い針を長さ順に並べた紙パッケージに一緒に封入されていたもので、さしわたし四センチぐらいのぺかぺかした銀色のアルミ製の物体で、一円玉をひと回り小さくしたほどの薄っぺらい丸い板の端に、電球のフィラメントよりもまだ細い、ひし型のワイヤがついていた。後になってそれは針穴に糸を通すための道具だとわかったが、若く目がよく手の震えない私たちには必要のないものだった。

いまだに折にふれてその糸通しのことを思い出すのは、アルミの円盤部分に、なぜかローマ皇帝の横顔みたいな模様が打ち出されていたからだ。機能面で考えてみれば、そんな模様は必要ないはずだ。百歩譲って手が滑らないようにするためだったとしても、単に畝《うね》をつければ済む話だ。壮大な世界史のロマンと、ちまちました手先仕事の奇妙なコラボ。想像するに、これを作った人は、この丸い部分がこのままではちょっと淋しい、と思ったのではないか。それでコインからの連想で、何となく皇帝の横顔をつけてしまったのではないか。

こういう、「間が持たない気がしてついつい入れてしまった飾り」みたいなものが、どうも私の心の琴線に触れる。

たとえば商店街のアーケードでよく見る、すずらん型の街灯。あれなんかも、ただのつるっとした丸い電灯では何となく間が持たない気がして、ついついああいう形にしてしまったのではなかろうか（関係ないが、全国に「すずらん通り」というアーケードが多い気がするのは、名前が先なのだろうかそれともあの街灯が先なのだろうか）。他にも観光バスの内装の、壁のあいたスペースに意味不明に嵌めこまれている真鍮製のロココっぽい唐草模様だとか、安物のスプーンの柄の縁に刻まれている何だかよくわからない文様だとか、座布団の四隅についている房飾りなんかにも、ぐっとくる。

　こういう飾りは、「ただ機能一辺倒では申し訳ない」という実直で生真面目な気持ちから生み出されているような気がして、そのいじらしい感じが、なにか私の心に訴えかけてくるのかもしれない。

　考えたら、動物のデザインにもそういうのはけっこうある気がする。たとえば馬のたてがみとか、てんとう虫の点々とか、チョウザメの脇腹のホイップクリーム状の突起とか。ニワトリのとさかとか、シマウマの縞とか、ツキノワグマの輪だとか、アライグマの尾のしましまだとか。それらは生物学的には何らかの説明はついているのだろうが、あんがい「何となく、このへん淋しいから入れてみた」というあたりが本当なのではあるまいか。

　ところで映画の『ターミネーター』で、シュワルツェネッガー扮する未来からの殺人マシンが主人公をあらゆる手段で追い詰め、自らも目を負傷（というか損傷）し、鏡を見ながらその損傷部分を治療（修理）するシーンがある。修理がすむと、殺人マシンは露出した内部の機械を隠すためにサングラスをかけて、最後にちょっと手ぐしで髪を整える。

　このシーンを見るたび、なぜだか心の同じ琴線をかき鳴らされる。

素敵なアロマ生活

こんな私でも、ごくたまに素敵生活へのとば口が目の前に開けるときがある。

ある時それはアロマテラピーだった。

それまでは、アロマテラピーなどとはまったく無関係に生きてきた。名前くらいは聞いたことがあったが、何やら複雑で奥が深そうで、何よりもその素敵っぽい感じが自分には無縁なものと思っていた。そもそも匂いひとつで気分が変わったり体調が良くなったりということが、どうにも眉唾だった。鼻の内側の粘膜の神経は脳とダイレクトにつながっていて云々という説明も、もっともらしいだけにかえって怪しかった。

それがある日、鬱屈しながら街中を歩いていて、ふと入った雑貨店にアロマオイルのコーナーがあった。親指ほどの小瓶の一つひとつに手書きの札があり、オイルの名前と効能が書いてある。その一つ、〈気分を明るく前向きにします〉とあるやつの蓋を取って匂いを嗅いでみたら、なんと本当に鬱屈がふっと軽くなった。匂いの分子が鼻の内側に付着し神経信号がダイレクトに脳に伝達されるのが実感としてわかった。私はラベルの名前を読んだ。ベルガモット。

私はさっそくそのベルガモットを買って帰り、鬱屈するたびに蓋を開けてくんかくんか嗅ぐようになった。匂いの分子が鼻の内側に（以下略）する快感。アロマテラピー。これが人のすなるアロマテラピー。

かくして私のアロマ道は始まった。「小瓶の蓋を開けて直接くんかくんか方式」は正式なやり方ではなく、キャンドルを使って皿の上で温めるのが正しいと知り、さっそくミニチュアのかまくらの上に皿ののった陶製のポットとキャンドルを買ってきた。

オイルもベルガモットだけでは物足りなくなり、用途に合わせて各種取りそろえた。リラックス効果のあるラベンダー。頭をすっきりさせるグレープフルーツ。やる気を起こさせるゼラニウム。疲れを癒すローズマリー。虫よけにクローヴ。空気の浄化にはユーカリ。フランキンセンスは鼻づまりを治します。

道具も良いものを揃えてこそ真のアロマ者。私は調合用のスポイトを買い、目盛りつきのビーカーを買い、藍色の遮光瓶を買った。希釈用のホホバ油を買い、無水エタノールを買った。アロマポットもキャンドル式から電球式、さらには蒸気式のものに買い替えた。

三か月ほど経ったある日、青山のお洒落アロマショップで、衰えた気力を高め魔除けの効果もある十グラム九千八百円のヤロウというオイルを買おうかどうしようか逡巡していたら、頭の片隅でふとこんな声がした。

アロマでごわす。

その瞬間、目に入るすべてのものが、ごわす化した。ヤロウでごわす。ダマスク・ローズでごわす。ポットでごわす。ショップでごわす。お洒落でごわす。青山でごわす。それと共に、私の素敵なアロマ生活がみるみる分解し私から遠ざかっていくのがわかった。癒しが。浄化が。ベルガモットが。ユーカリが。スポイトが。無水が。エタノールが。「ごわす様」はその後もたびたび現れては、私の素敵生活を一瞬にして無効化した。ジャム作りしかり。フラワーアレンジメントしかり。干し野菜しかり。「ごわす様」には「ごんす」「がんす」「やんす」「でげす」などの仲間がいることもわかった。つい三週間ほど前にもハーブ生活をでげす化されたばかりだ。

彼らの目的が何なのか、どこから来るのか、いつまた来るのか、わからないし、わかったとしてもどうすることもできない。今はただもう自分の存在そのものをごわす化されないことを祈るのみだ。

AROMA OIL
SACHIKO
No 4711
FERD. MÜLHENS, CO.
AGENTS, MULHENS & KROPFF, N.Y.

次

もう四捨五入をすると百なので、そろそろ次のことを考えておいたほうがいい気がする。次というのはつまり、次に生まれ変わったら何になりたいかということだ。

ひところは「無生物を専門に撃つスナイパー」に生まれ変わりたいと思っていた。たとえば、高いタワーのてっぺんに建設作業員が置き忘れた弁当箱。取りに行こうにも、すでに足場は外してしまったあとだ。そんなときに呼ばれるのが私だ。何百メートルと離れたビルの屋上から、距離、風速、地球の自転、すべてを計算に入れ、弾がコンマ何ミリ差でぎりぎりに横をかすめる、その風圧で弁当箱を下に落とす。

それほど腕の立つスナイパーであれば、当然要人暗殺などの依頼がひきも切らない。だが私は頑《かたく》なにそれを断る。「人は撃たないと決めているので」。かっこいい。

だが最近では考えを変えた。職業云々以前に、自分は人間が向いていないのではないかと思うようになったからだ。

だいたい私は空気が読めない。他人の気持ちも読めない。頭で思っていることと出てくる言葉が一致しない。

以前、あるとても偉い人に初めて紹介してもらったときのこと。座は大いに盛り上がり、どういう流れか「コスプレするならどんなものがいいか」という話になった。そのとき私はその偉い人に「マッド・サイエンティストなんてどうでしょう」と言った。場の全員が凍りついた。偉い人はその日、毛髪が爆発しておられた。だが私は場が凍りついていることにも、偉い人の顔が瞬間引きつったことにも、そもそもその人の髪が爆発していることにさえ気づいていなかった。半年後に「あれはまずかった」とその場にいた人から聞かされるまで、自分がそんなことを言ったことも忘れていた。その偉い人とはそれきり会っていない。私にはこんなことがたびたびある。三日にいっぺんぐらいある。「社会的な動物」である人間として、これは断然失格だ。全自動の便器の前に立っても私だけ蓋が自動で上がらないのも、人間と認定してもらえていないからかもしれない。

だから来世は人間ではなく動物になるのがいいように思うのだが、でもたとえば犬とか猫とかに生まれたとして、そこにはやはり犬には犬どうし、猫には猫どうしの不文律とかルールとかしきたりがありはしないだろうか。きっとある気がする。私が犬や猫になったら、たぶん絶対に他の犬猫の縄張りを気づかずに侵したりして、疎んじられたり犬猫社会で白眼視されたりするのにちがいない。下手をすると生死にかかわるという意味では、人間より過酷だ。

ならばもっと下等な、感情とか感覚とかのなさそうな生き物にしたらどうだろう。たとえばアメーバとか。アメーバどうしはあまり交流がなさそうだし、生殖も細胞分裂だから気が楽だ。だがまだ安心できない。細胞分裂しようとしたら、隣にいたアメーバから「俺がいま分裂しようとしていたのにタイミングかぶりやがって……」などと恨みを買うかもしれない。単細胞だけに、一度反感を買ったら尾を引きそうだ。

もういっそ生き物は潔《いさぎよ》くあきらめて、物に生まれ変わるのがいいんじゃないかと思う。以前、知り合いが占い師から「あなたの前世は塩コショウ入れ」と言われたという話を聞いたとき、そこはかとなく羨ましかったのを思い出す。

それでもやはり、物といえどもあまりチームワークを必要としないもののほうが安全だ。麻雀の牌の一つに生まれ変わって、うまくやっていく自信はない。何か単独で使われるもので、置き場所とかも他の似たようなものとは一緒にならないもの。願わくは人の役に立って、使う側から重宝がられるようなもの。今のところ候補は「水洗いした野菜をぐるぐる回して水を切る、あの遠心分離器みたいなやつ」か、「バールのようなもの」だ。

どちらにするか、死ぬまでに結論を出すつもり。

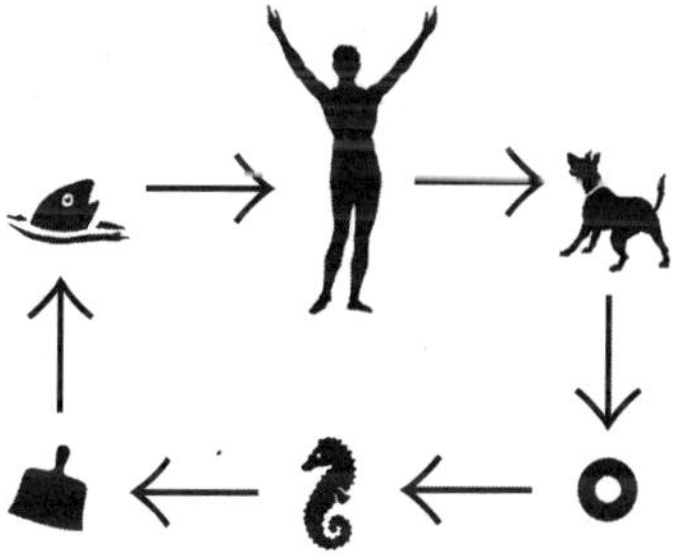

瓶記

×月×日

空き瓶が大量に余った。

なぜそんなに大量の空き瓶が家にあるかというと、ジャムを煮ようと思って集めていたからだ。

夜中に突然どうしようもなく甘いものが煮たくなり、次の日矢も楯もたまらずスーパーに駆け込んで目についたいちじくを大量に買い、いいかげんに砂糖と煮たらけっこう美味しかったのが三年前。

以来、夏の終わりにやるいちじくのジャム作りは、私にとっての数少ない真人間らしい行事の一つだった。

だが今年はジャムを煮そこなった。いろいろと泡を喰っていたからだ。

泡を喰うと、頭の中になぜか高速の「お猿のかごや」がエンドレスで流れ続け、ますます泡を喰う。

そうやって夏の間じゅうずっと泡を喰っていたために、ジャムのことを考える余裕などさらさらなく、気づけばいちじくのシーズンは終わっていた。

余った空き瓶が戸棚を占領して不便このうえない。

どうせまた溜まるのだからと意を決して捨てることに決め、テーブルの上に並べてみた。こうしてみると、かなりの数だ。太ったの、痩せたの、大きいの小さいの、のっぽなのちびっちゃいの、着飾ったのそっけないの。たくさんの空き瓶を並べ、その前で両手を腰に当てて仁王立ちになっているうちに、バルコニーから群衆を見下ろしているような気分になってきた。

「愚民どもめ」と言ってみる。ちょっと愉快だ。

「愚民どもめ」「愚民どもめ」

何度も言っているうちにすっかり楽しくなり、瓶を捨てるのを忘れる。

×月×日
しかしそうは言っても戸棚が空き瓶で一杯なのはやはり困るので、今度こそ捨ててしまおうとテーブルの上に再度空き瓶を並べる。

まず、一番たくさんある〈アヲハタ〉の瓶を一つにまとめた。ありふれているし、どうせまたたくさん溜まるから、これは一番躊躇なく捨てられそうだ。

ついで高さ五センチにも満たないミニチュアの瓶。蓋が赤や青のギンガムチェックの柄で可愛いが実用性がないので、これも捨てる組だ。

「子供たち！　あたしの子供たちを返して！」

お揃いの赤のギンガムチェックの大きな瓶が叫んだ。どうやらミニチュア瓶たちの母親らしい。「ママン！　ママン！」子ギンガムたちもキイキイ泣き叫ぶ。ええいうるさい。ならば親子仲良くゲットー送りになるがよい。

「ナタリー！　待ってくれ！」黒オリーブの入っていたのっぽの瓶が駆け寄る。夫婦だったのか。

「領主様、わしら農民を真っ先に切り捨てるとはあんまりでごぜえます」最初に一まとめにされていた〈アヲハタ〉一族も涙ながらに訴える。

そこに〈うに〉の瓶がしずしずと王の前に歩み出る。空き瓶の中では最長老で、ガラスに厚みがある重厚な造りなうえ中身が美味しかったので、王に重用されている賢者である。

「どうか考え直してくだされ。民の声は天の声とおぼし召されよ」

民衆のひたむきさに心打たれた王は改心し、瓶たちを戸棚に戻し、この日を国の祝日と

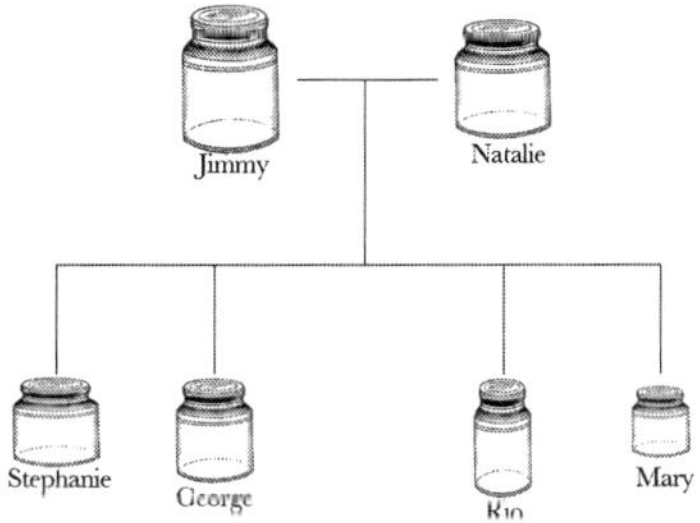
Jimmy
Natalie
Stephanie
George
Rio
Mary

定める。

×月×日

しかしそうは言っても戸棚が一杯なのは困るので、空き瓶をテーブルの上に並べる。

きれはし

昨日聞いた話も忘れてしまうのに、何十年も前に電車で隣の人が話していたことを今もときどき思い出す。

たとえば、二十年くらい前に私鉄O線車内で男子大学生数人が話していた、「部活のT先輩の得意芸が〝子宮と卵巣の物真似〟である」という話。

「あれは驚いた」

「すっげー似てたよな」

などと口々に言い合っている。いったいどうやって子宮と卵巣などというものを真似るのか、とても気になったので聞き耳を立てたところ、どうやらそれは部活の合宿の宴会芸で、旅館の枕を二つ使ってやるらしかった。

家に帰って、鏡の前でやってみた。旅館のような小さい枕がなかったのでクッションを二つ、両手と前腕で巻き込むように持ち、その両腕を水平に肩の高さに上げて卵巣と卵管を表現。同時に頭を低く下げて背を丸め、膝を軽く曲げて子宮と産道を模す。その姿勢だと鏡が見られないので、似ているかどうかはわからなかった。

同じ頃、やはり〇線車内で別の学生たちが話していた、酔っぱらった友人の話。皆で居酒屋で飲んでいるうちに終電ぎりぎりの時間になってしまった。その友人が「吐きそう」と言うので、店でもらった段ボール箱を胸の前に抱えさせて、とにもかくにも終電に飛び乗った。その段ボールの横腹には〈ひよこ〉と書いてあって、若い女の子たちが「え、なになにひよこ？　見たーい」と寄ってきて中を覗きこんで、すぐに走って逃げていったという話。

同じ頃に聞いたせいか、この〈ひよこ〉の人と子宮と卵巣の〝T先輩〟は、いつの間にか私の中では同一人物ということになっている。そして今でも折りに触れて、頻度でいえばそう、三か月に一度くらいの割で、T先輩はどうしてるかなあ、などと考える。顔や姿もおぼろげに浮かんでくる。そうやってT先輩は、時とともに私の中で大学を卒業し（一年留年した）、中くらいの企業に就職し、結婚して今では子供も二人いてそれなりに幸せそうだ。

あるいは五、六年前に、三人組の女子高生（私服、渋谷系）の一人が話していたこと。
「子供のころ、高速走ってる車のドアが急に開いて、道路に落っこっちゃったんだよね

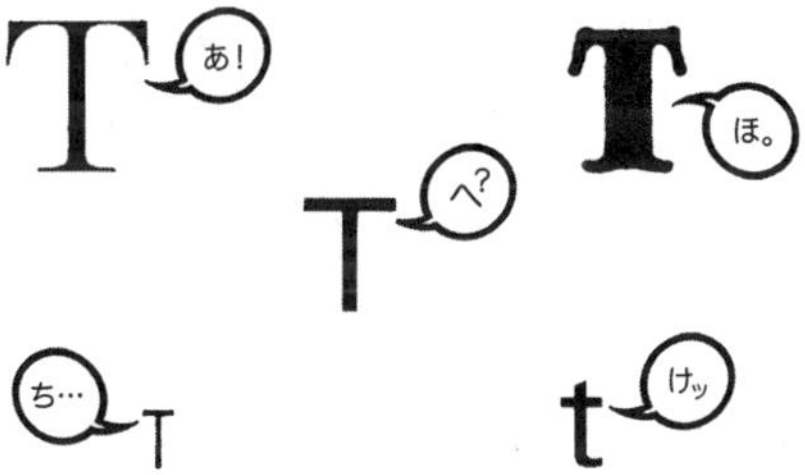
あ!
へ?
ほ。
ち…
けッ

ー」「うそ、マジで」「だから今も頭のここんとこちょっとへこんでるんだよね」「うっそ、マジで」「あんた病院行ったほうがいいよそれ」「えー、そうなのー、ヤバいかなーやっぱ」という会話が、ずっとものすごく低いテンションで語られていた。

それから大学生の時に見た、O線の吊り革につかまっていた二人の女子中学生（セーラー服）の会話。一人が「じゃあ今度はあたしの番ね」と言う。「何でやる？」「じゃあね、キイロ」そして二人で同時に黙って目をつぶる。一分ぐらいして同時に目を開け、「四だった」「ほんと？　あたしは六」などと報告しあう。交代で何度もやる。

あれが何だったのかがいまだに気になっている。目をつぶっていたから、窓の外に見えた黄色いものの数とかではない。テレパシーを送受信していたのかなと思うけれど、そういう感じでもなかった。自分も中学生になって、そのゲームをやりたかったなと思う。週に一度くらいは、そのことを考える。

あの人たち、みんな今ごろどこでどうしているだろう、とよく思う。T先輩やひよこのことを話していた人たちも、頭でこぼこの女の子たちも、謎の遊びのセーラー服たちも。みんなどこかで元気だといいなと思う。昨日聞いたことも忘れる私なのにそう思う。昨日聞いたことも忘れる私だから、よけいにそう思う。

何らかの事情

聞くたびに変な気持ちになる言葉がある。

たとえば「国はこれを不服として」がそうだ。

もちろんこの場合の「国」というのは、具体的にはたとえば公的機関の担当部署の何人かの人々であったり、その人々によって運営される政府の方針のことを指しているのだ。わかっているのだ。わかっているが、どうしても日本列島の形が思い浮かんでしまう。北海道が横を向いた頭、本州が胴体で、四国と九州が足。北海道の右端あたりのあの尖った部分が、いかにも不服らしく口を尖らせている。胸にあたる三陸沖あたりには「不服」がわだかまって、膨らんでもしゃもしゃしている。とんがり頭の先端からは、怒りの湯気の樺太が噴き出ている。

それと同じで「国は××との考えを示し」というのを聞くと、どうしても北海道の真ん中あたりで考えているような気がしてならない。地図で見ると、だいたい富良野のあたり。

見渡すかぎり何もない寒風吹きすさぶ真っ白な氷原に、その「考え」がごろんと転がっている。軽トラックぐらいの大きさで、全体的に黒っぽい。すこし焦げたような臭いもする。「ない場合は」も、聞くと変な気持ちになる言葉だ。

料理番組で、おいしそうなものを作っている。唾をわかせながら見ていると、材料に「花椒」とか「XO醬」とか、普通の家庭になさそうなものが出てくる。がっかりしかけると、「もしない場合は入れなくても結構です」などと言ったりする。それを聞いた時に胸にわきあがる気持ちは、一言でうまく説明できない。まず、え、入れなくてもいいの、という拍子抜けの気持ち。それから、本来なら入れるべき材料を「なくてもいい」とする英断へのそこはかとない尊敬。それと、「どうせ入れてても入れなくてもお前ら素人には変わるまい」と甘く見られたような、子供向けにやさしくアレンジされたシェイクスピア劇を見せられたような、淡い屈辱感。そういうものがないまぜになって、なんだかひどくモヤモヤする。

モヤモヤするといえば「何らかの事情を知っているものとみて」もそうだ。

家が全焼し、焼け跡から刺し傷のある一家三人の焼死体が発見される。その家の次男が親戚の家に「大変なことをしてしまった」という電話を残し、その後行方がわからない。警察は、この次男が「何らかの事情を知っているものとみて」行方を追っている。

このときに感じるモヤモヤ感は何だろう。この次男は怪しい。ものすごく怪しい。むしろ次男が犯人でなかったらびっくりだ。にもかかわらず、そこを「何らかの事情を知っている」などと百歩譲った言い方をする警察の優しさへの感動、だろうか。それとも何事も断定しないように慎重に立ち回るマスコミのスマートさへの苛立ち、だろうか。

いや、でもこのモヤモヤは、むしろゾクゾクとかワクワクに近いような気がする。これだけの状況証拠がそろいながら実は次男が犯人ではなく、本当にそのへんの事情を知っているだけなのかもしれない〇・〇一パーセントぐらいの可能性がそこにある気がして、それが嬉しいのかもしれない。そのキワキワの隙間に隠れているかもしれない一抹の希望や、そこを起点として始まるかもしれないロマンと一大冒険の予感に、ひそかに興奮しているのかもしれない。

このモヤモヤは、もしかしたら「萌え」に近いのかもしれない。ほとんど恋なのかもしれない。

レモンの気持ち

故《ゆえ》あってキノコについて勉強した。

キノコは動物と植物の中間のような生き物であるとか、キノコ（菌類）がいなければ植物の現在の繁栄はなかったとか、いろいろ知らないことだらけで興味ぶかかったのだが、なかでもいちばん驚いたのが、現存する世界最大の生物がキノコである、ということだ。それは米国オレゴン州の森にあるオニナラタケというキノコで、大きさは東京ドーム六百七十七個ぶんにもなるという。

といってもキノコの傘がそれほど大きいわけではない。私たち人間がふだん「キノコ」と呼んでいる、茎があって傘があるあれはキノコのほんの一部に過ぎず、キノコの本体はじつは地下に根を広げる菌糸のほうにある。オレゴン州の森にあるそのオニナラタケは、同じ一つの菌糸が地下に東京ドーム六百七十七個ぶんの面積で広がっているということなのだ。

すごいなあ。と思う半面、それがどれくらいの大きさなのかがいまひとつ実感できない。まず頭の中に、あの白いキルティング模様のドームのふわふわ屋根を思い描き、それを縦二十×横三十三並べてみようとするが、うまくいかない。せいぜい脳内で並べられるのは三つぐらいまでで、あとは茫漠としてしまう。

そもそも、なぜ広さを表現するときの単位が判で押したように東京ドームなのだろう。べつに名古屋ドームでも皇居でもよさそうなものなのに、申し合わせたかのようにいつも東京ドームだ。（東京ドームは液体を計る単位にも使われる。なぜかビールが多い気がする。今年の夏のビールの消費量は東京ドーム○杯ぶんでした、というふうに。それを聞くたび、ドームの天井まで満たされたビールの中を、ベースやバットやロージンバッグや観客の溺死体が浮遊している図が思い浮かぶ。）

この一本にレモン○個ぶんのビタミンCが含まれています、というのもそうだ。そういうのを聞くと、「えっ、レモンの二百個ぶんものビタミンCが！」と感心すると同時に、「レモンって実は大したことないんじゃないか」という疑念がかすかにわきあがるのも禁じえない。そして実際レモンは大したことない。含有量でいうなら、たしかブロッコリーとかのほうがずっと多いはずだ。でも、ならば「ブロッコリー○個ぶんのビタミンC」と言うかというと、言わない。それはたぶんビタミンCの「C」のあたりが何となく酸っぱ

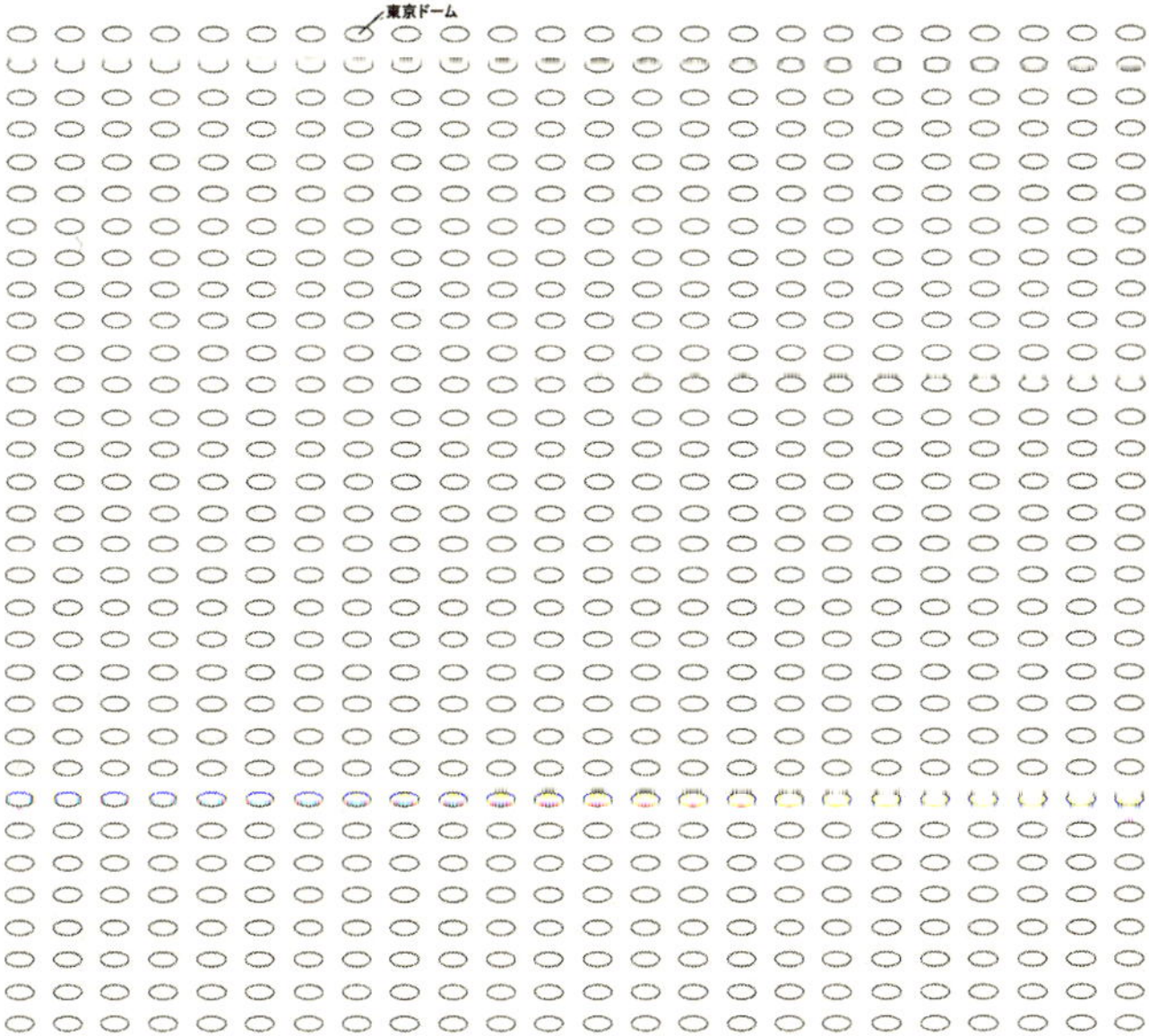
東京ドーム

そうだからで、だからレモンはすごくビタミンCっぽい。レタスもたぶん同じで、食べた時のあのシャキシャキ感が食物繊維っぽいから、よく「レタス○個ぶんの食物繊維」などと引き合いに出されてしまうのだ。

だが、それって当のレモンやレタスにしてみたらどうなのだろう。勝手に単位にされたあげく、見かけ倒しのレッテルを貼られ、正直「放っておいてくれ」という心境なのではないだろうか。（その気持ちはよくわかる。私も会社員だったころ、あまりに失敗ばかりするので、社内における失敗の単位が「キシモト」になってしまった悲しい思い出があるからだ。たとえば「社長からの電話をいたずら電話と間違えて切る」は二キシモト、といった具合に。）

いっそ新天地で再出発させてあげたらどうだろう。たとえばレモンをビタミンCの呪縛から解放してやり、広さの単位に任命する。「東京ドーム六百七十七個ぶんの広さ」を「レモン百十三億個ぶんの広さ」にする。どうだろう。あいかわらず実感はわかないが、数が増えたぶんスケール感が増すし、何より体によさそうだ。

逆に東京ドームはビタミンCの単位に任命する。「この一本で東京ドーム二百五十個ぶんのビタミンC」。

リーグ優勝ぐらいはできそうだ。

不必要書類

このあいだの地震ではとんだ目にあった。

ふだんからの怠慢で仕事部屋にいろんなものをただ積み上げるに任せていたのが、何もかも崩落し、復旧に大変な時間がかかった（そしてまだ復旧しきっていない）。

だが崩落したものをよくよく眺めてみると、自分の部屋はふだん使わない、なくてもそう困らないもので埋め尽くされていることに気づく。ならば必要なものだけ残し、あとはすっきり処分して、次の地震に備えるべきではないか。

と思うのだが、本が捨てられないことはもう経験上わかっている。未読の本も既読の本もつまらない本も、それなりに理由があって捨てられないし、無理に捨てると、なぜかとたんに必要になる。雑誌も同じ、用済みのゲラも、手紙類も同じ。

ならばあれだ。せめて、あっても何の役にも立たない、なんでこんなものを取ってあるのか自分でも理解できない一連の物。あれなら捨てられるのではないか。

たとえば私の部屋には、十年くらい前にどこかのスーパーで買ったミニトマトの空き袋が、ずっと置いてある。袋の表には赤いトマトの絵が印刷され、その中に白抜きの文字でこう書かれている。

トマト　妻せつ子　熊本県産

〈妻せつ子〉が商品名なのだろうか。そうだとして、せつ子って誰なのか。袋のどこにも、それについての説明はない。

あるいは、やはり大昔に使い終えた胡麻の空き袋。表には〈特選　白胡麻〉とあるだけだが、裏を返すと、商品説明の欄にはこう書いてある。

おいしいわ。子供もよろこんで食べるわ。酒のつまみにもなるわ。胡麻って栄養があるの。様々なお料理の味つけ役にご利用ください。皮をむいてあるので消化がよく、すらなくてもそのままご使用できます。品質、包装等には万全を期しておりますが、万一不都合な点がありましたら下記までご連絡ください。

なぜ最初のほうだけ女言葉なのか。そしてなぜ唐突に女言葉をやめて事務的な口調にな

Foods Entertainment

Obakyu OX

7/1よりお届けサービススタート!
サービスカウンターにて承ります
****どうぞご利用下さいませ****
本日はご来店ありがとうございます
0759-0102-0000　11年 7月 4日
担当 :27　岸本佐和子

0028	梶○衣子	210
0009	花 のんれ	298
0009	妻 せつ子	398

3点/小　計		¥906
内消費税　5%	43	
合計(税込)		¥906
現　金		¥1,010
お釣り		¥104

☆☆☆営業時間☆☆☆
10：00〜23：00
OPｶｰﾄﾞ会員募集中。詳しくは
ｻｰﾋﾞｽｶｳﾝﾀｰにお尋ね下さい

9094　10:15PM

るのか。

あるいは、小さな、縁の黄ばんだ、手書きのこんなメモ。

花のんれ

これは十五年くらい前、妹が「花のれん」という店の名前をメモしようとして書きまちがえたのを、譲りうけたものだ。

また、これはわりと最近、近所のスーパーで買物したときのレシート。サラダ菜を一つ買って百九十八円。だがそのレジを打ってくれた人の名前が〈梶○衣子〉さんだ。○には「芽」ではない一字が入る。何となく惜しい。

私の仕事部屋にはこうした無意味な、取っておいても未来永劫何の役にも立たないものが無数にあり、これらは氷山のほんの一角だ。捨ててしまおう。何度も言う、こんなもの毛ほどの役にも立たない。袋に入れて、ゴミ箱に捨てるのだ。さあ。

捨てられなかった。たぶんこれからも捨てられない。どうしてかはわからない。たぶん私は「役に立たないもの」が好きなのだ。役に立たないものが不要なものなら、まず私は真っ先に自分を捨ててしまわなければならなくなるから。

次の地震で〈妻せつ子〉や〈花のんれ〉や〈梶○衣子〉の下敷きになって死んだら、だから、それは実に私らしい死なのだ。

思えば、ヒントは今までにもちらほらと与えられていた。

たとえば、二十年くらい前に読んだイアン・マキューアンの「飼い猿の内省」という短編小説。その冒頭で、語り手はいきなりこんなことを言う――「アスパラガスを食べる人なら、それが尿に付着させる臭いを知っている」。（ちなみにこの語り手は、題名のとおり猿である。そしてこの猿は人間の女性の元愛人で……だが、それはまた別の話だ。）

あるいは、十年くらい前に観た『アリー　ｍｙ　Ｌｏｖｅ』の、とあるシーン。主人公のアリーがオフィスのトイレの個室から出てきて、鉢合わせした同僚たちにこんなセリフを言う――「個室にあたしがいるってバレちゃったのは、あたしが今やってるアスパラ・ダイエットのせい？」（ちなみにアリーの勤めるこの弁護士事務所は洒落たオフィスなのに、なぜかトイレが男女共用で……だが、それもまた別の話だ。）

子供のころから、年に数回遭遇する、えも言われぬ不思議な〝にほひ〟のことはずっと気になっていた。それは本当に何と表現していいかわからない、強いていうなら藁っぽさと金属っぽさの入りまじったような、あきらかに通常とは異なるにほひだった。子供心に病気ではなかろうかと心配もしたが、なにしろ年に数回のことだったし、何度も遭遇するうちにだんだんと好ましいものに思えてきて、なんとかしてまた出会いたいものだとさえ願うようになっていた。

　それが決まってアスパラを食べたあとのことだと気づくまでには、長い時間がかかった。だが一度因果関係に気づいてしまえば、すべての点が線でつながった。先のマキューアンとアリーも力強い傍証となった。

　何度か実験をしてみて、仮説は確信に変わった。アスパラ。まちがいない。

　子供のころからの疑問が数十年ぶりに解決した嬉しさから、私はこの新発見をいろいろな人に語って同意を求めた。が、結果ははかばかしくなかった。みんな「へー、そう？」とか「気がついたことないなあ」とか「きのうアスパラ食べたけど、べつに普通だった」といったリアクションばかりで、一人の賛同者も得られなかった。

　だが不思議だった。欧米では「アスパラ尿現象」は一般常識らしいのに、なぜこの国では誰もそのことを言わないのだろう。もしかしたら日本では私以外に誰もその因果関係に気づいていないのだろうか。だとしたら、この事実を広く世間に知らしめる使命が私にはあるのではないか。

　私はますます熱心に調査と布教を重ね、先日ついに飲み会の席で「あ、あたしもです！」という人物にめぐり会った。彼女も以前からその因果関係に気づいていたが、誰にもわかってもらえず孤独をかこっていたのだった。私たちはがっちりと握手した。そしてすぐさま〈アスパラ友の会〉を結成し、会員を増やし人々の蒙《もう》を啓《ひら》くことを誓ってビールで乾杯した。つまみにアスパラのベーコン巻きを頼むことも忘れなかった。

　だが数日後、その彼女からのメールで、衝撃の情報がもたらされた。わが国にはアスパラ尿者が人口の一割程度しか存在しないらしいのだ。〈友の会〉版図拡大の野望は、いきなりついえた。

　だが私たちはあきらめなかった。人口の一割ということは、つまり少数精鋭ということではないか。私たちはアスパラに選ばれし者たちだということではないのか。

　というわけで、とりあえず〈アスパラ友の会〉は〈アスパラ秘密結社〉と名称を変更し、引き続き会員募集中。

ぼくのせいでは
ありません

珍道具

傘を買いたいのに買えない、ということが、かれこれ五年ぐらい続いている。傘がないわけではない。むしろ有り余るくらいにある。だがそれらはすべてビニール傘だ。透明で、白の把手のところに謎のアルファベットがついていて、無駄にワンタッチ式。そんな傘ばかりがどんどん殖えていく。いい歳の大人がそんなことではいけない。ちゃんとした傘を一本買おう。

そう思って店まで行く。ものすごくたくさんの「ちゃんとした傘」が並んでいて興奮する。布でできた、把手がプラスチックでない、さまざまな色と形と素材の傘たち。吟味に吟味を重ねて数本を選び出し、鏡の前でああでもないこうでもないと差している最中に、うっかりこう思ってしまう。

傘って、なんか滑稽じゃないか？

そう思った瞬間、手にしていた素敵な傘は珍道具と化し、それを差している自分も珍な生き物と化す。

傘はとても便利な道具だ。

雨が降れば濡れる。濡れないためには室内や軒下や木の下で雨宿りするしかない。でもそれだと好きなところに行けない。それをこのように棒の先に屋根的なものをつけ、雨宿りをポータブル化することによって、濡れずにどこでも好きなところに行くことを可能にした。すごい工夫だ。でもその工夫がどこかいじましくて滑稽だ。

傘だけではない。扇風機なんかもそうだ。

暑いときに扇状のものであおげば涼しくなる。でも手であおぐと疲れるし手がふさがって他のことができない。そこでこうやって扇を台に固定し手のかわりにモーターで動かし、しかも扇も四枚に増やしてみた。とても便利。でもやっぱり滑稽だ。

もちろん扇風機が生まれるまでには、その考案者によるなみなみならぬ努力があったのだろう。

傘にしたってそうだ。雨の日に濡れずに外を歩く方法はないか。たぶん誰かがそのことについて真剣に考えた結果、「そうだ、雨をしのげるものを持ち運びすればいいんだ」と思いついたのだ。そこから先は試行錯誤の連続だった。ミニチュアの屋根を頭の上にくくりつけて瓦の下敷きになったり、木を丸ごと一本抱えて歩いて腰を痛めたり、それで「プロジェクトX」が一本作れるほどの苦難と努力の果てについに完成したのが、この傘と呼ばれる道具だった。

だが傘にしても扇風機にしても、そうした努力の元になっているのは、「いろいろな欲求を一度に満たしたい」という欲張りさと、「楽《らく》したい」というズボラさなわけで、それと地道な創意工夫とのギャップが、どうにもいじましさや滑稽さを生んでしまう。

そう考えるとたいていの道具は滑稽だ。

掃除機。洗濯機。エスカレーター。万年筆。電動泡立て器。車。ぜんぶ余裕で珍道具だ。靴。バケツ。くまで。椅子。眼鏡。かばん。コップ。耳栓。ハンカチ。ちり紙。これらだって、そういう目で見れば、やっぱり珍だ。

でも、ならば一体どうすれば珍でなくなるのか。身一つなら珍じゃないのかといえば、じゃあたとえば爪はどうなのか。人類の祖先が、「あー果物の皮をむいたりするのに、この先っぽが固ければ楽なのに」と思って、何十万年もかけて指の先に固いものを装備することに成功した、それが爪なのだとしたら、やっぱり珍なんじゃないのか。そうなってくると、髪も、歯も、舌も、手指も、いや人体の形状そのものが珍なんじゃないか。

そこまで考えるともう傘どころの騒ぎではなくなってしまい、持っていたのをそっと元の場所に戻す。

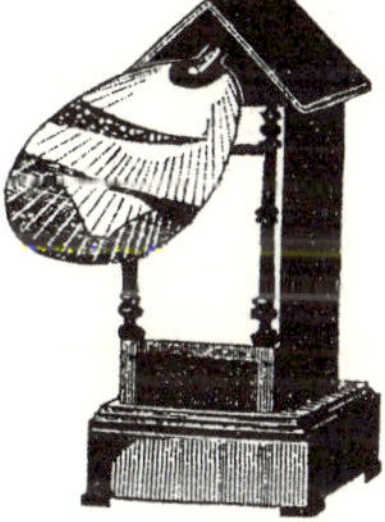

涼風器（夏知らず）

ミッドナイト・ミーツ・キッチン

夜中に目が覚め、喉がかわいたので台所に行って水を一杯飲んだ。

夜中の台所は危険だ。

白々とした蛍光灯の光の下、寝起きの頭で見まわすそこは、用途のわからない奇妙な物体であふれている。

たとえばカウンターの道具立てに差してある、あれ。

黒いプラスチックの柄の先に、電球の輪郭みたいな形に折り曲げられた針金が何本か組み合わされて接続してある。

あれが「泡立て器」と呼ばれるものであることを脳は知っているが、本当にこんなもので何かを泡立てることができるのだったか、にわかに自信がなくなってくる。

むしろ何かを受信するもののような気がする。

ためしに柄を握り、針金部分を上にして、頭の上に立ててみる。

何も起こらない。

見ると、道具立てにはもう一つ謎めいた物体がささっている。

黒い柄の先に、いびつな三角形の枠の中が放射線状に縦に割れた金属の板がついている、いつも自分が「フライ返し」という名で呼んでいるものだ。

泡立て器を右手に持ったまま、左手でフライ返しをつかみ、両方を頭の上に立てる。

暗い窓ガラスに、かなり宇宙人っぽいシルエットが映っている。

アンテナを二本に増やしても、やはり何も受信できない。

軽い失望とともに手をおろすと、窓の中のシルエットは、これからマラカスを演奏しようとする人の姿に変わる。

体の前で軽く振ってみる。

ちょっと楽しい。

だんだん振り幅を大きくしていって、ついにはボンゴを渾身の力で叩く人になる。

ふと、こういう新体操の種目があってもいいのではないかと思いつく。

ロシアのスコバカシア選手、球、こん棒、リボン、輪、調理器具の全種目でトップを独走中です。

右手に泡立て器左手にフライ返しを持ち、流れるような腕の振りで高い芸術点を狙う。

足を大きく踏み込み右手を突き出し、フェンシングの突きのポーズ。

テイクバックをたっぷりとってテニスのフォアハンド。

いろいろな動きをしているうちに、しだいに手と握っている道具の間に一体感が芽ばえ、腕の先から直接泡立て器とフライ返しが生えているような感覚が生まれる。

なんだかフック船長みたいだ、と思った瞬間、フック船長が手の先にあの尖った鉤《かぎ》ではなく泡立て器を装着している絵が浮かび、思わず笑いが漏れる。

朝、右手に泡立て器をつけ白いエプロンをして、船員たちのためにいそいそとスクランブルドエッグを作ってあげるフック船長。くすくすくす。

それじゃフック船長じゃなくクック船長だ。けらけらけら。

くしゃみがたてつづけに三回出て、はっと我に返ると、皓々と明かりのついた台所で右手に泡立て器左手にフライ返しを持って立ち、風邪をひきかけている。

夜中の台所は危険。

死ぬまでにしたい十のこと

①まだ乗っていない乗り物に乗る

筆頭は何といっても「オオオニバス」。子供のころ、植物図鑑で金髪の子供が乗っているのを見て以来、ずっといつかは乗ってみたいと思っていた。この蓮のいいところは名前がバスっぽいことで、だから何となく大人が乗っても大丈夫なような気がする。子供の頃からの夢の乗り物ということでいえば、中華料理のテーブルのあのくるくる廻る部分、料理を二階に上げ下げする用の小さなエレベーター、お相撲さん、車のトランクなどにもぜひ乗っておきたい。

②一度も言ったことのないセリフを言う

「あのタクシーの後を追って！」「お黙りなさい」「釣りはいらないわ」「失礼しちゃうわね」「（ピンク色の舌をちろりと出しながら）てへっ」「フォロー・ミー！」

③触ったことのない動物に触る
　イルカ。本当につるつるしているか確かめ、ついでに背中の穴に指を入れる。サメ。本当にサメ肌なのかどうか、ワサビをすりおろせるかどうか。パンダ。白と黒の境目部分。キリンの角のてっぺん。皇帝ペンギンは後ろからそっとお腹に手を回す。アルマジロを球にして甲羅をノック。生きたカツオを胸の前で抱いてビチビチさせる（そうすることを「三段逆スライド方式」と呼ぶのだと長いあいだ信じていた）。

④したことのない髪形にする
　マリー・アントワネット（帆船）、弁髪、ちょんまげ、魔法使いサリーのパパ、いややっぱり一番はスキンヘッドだ。自分の体は内臓以外たいてい見ているのに、頭の地肌を見ないまま死ぬのは何かまちがっているような気がするし、子供のころ『オーメン』を観て以来、自分の髪の下にも何かメッセージが隠れているのではないかという考えにとりつかれている。

⑤松葉杖を使う

一度も骨折したことがないので松葉杖に憧れる。ものもらいになったことがないので眼帯に憧れる。三角巾で腕を吊ったことがない。車椅子に乗ったことがないし担架で運ばれたことがない。鼻血は生まれてから一度しか出したことがないので、死ぬ前にもう一回出してみたい。

⑥夕陽に向かって走る
夕陽に向かって走る。「ハハハハ」「ホホホホ」と笑いながら海岸を追いかけっこする。板チョコの包装を破って丸かじりする。波止場にある、あのカギ形に曲がった丸っこいものに片足をかけて海を眺める（あのカギ形のことを「マドロス」と呼ぶのだと長いこと信じてきた）。

⑦バス停で会った知らないおじさんに百円を返す
もう三十年以上経つだろうか。あれから何度も同じバス停で出会っていたに違いないのだが、どのおじさんだったかわからなくなって知らんぷりを続けてしまった。ごめんなさい。ずっと気になっています。まだ生きていますか。

十と言いながら七までしか書けなかった。残りはまたいずれ書くかもしれないし、死が先に来るかもしれない。

ガニ

このあいだ、リンゴを切って食べたら熟れすぎていた。

リンゴのあのシャキシャキした繊維質の歯ごたえが消え、果肉が細かな粒状になったような、フカフカというか、モソモソというか、そんな噛みごこちだった。

私はうへっと思い、それでも我慢して全部食べた。そして食べ終わってから思い出した。

私は子供のころ、たしかこういう熟れすぎのリンゴを、むしろ好んでいたのではなかったか。そういうリンゴに「モカモカのリンゴ」とか「ヌカヌカのリンゴ」などと称号を与え、その歯ごたえのなさやツブツブ感をことのほか愛好していたはずなのだ。なのに、いつの間にそういうのを「まずい」と思うようになってしまったのか。

そういう例は他にもある。たとえばプリンスメロンの種の部分。今ではいの一番に捨ててしまう、身の真ん中にある、あの種を格納している不思議なモール状のけばけば部分を、かつての私は愛していた。なんとかあれを種から分離して口に入れると、柔らかなモシャモシャした舌ざわりと汁けとメロンの味が渾然一体となって、えも言われぬおいしさだった。プリンスメロンはもちろん、ごくたまにありつくマスクメロンでさえも、あそこの部分が一番のごちそうだと思っていた。

バナナの筋も好きだった。果肉と完璧に同じ色で、材質もそう変わらないように見えるあのけなげな筋を、みんながなぜ躍起になって除去したがるのかがわからなかった。

バナナといえば、当たるか何かしてちょっと茶色っぽくなった、あの部分のことも私は憎からず思っていた。ちょっと透き通ったように茶色に変色している部分が複数あるようなバナナに当たると、ほくほくしながら食べた。

そもそも私は〝劣化した食品〟というジャンルを愛好していた。

たとえばミルキー。ミルキーは通常硬いものだが、たまに溶けて柔らかくなって、歯を立てるとずぶずぶとどこまでも沈みこむようなのがあって、それが私にとっての「当たり」だった。不思議と、どんなに柔らかくても完全に嚙みきれるということはなく、必ず小さな硬い芯にコチッと嚙み当たる。その芯を口の中で舌と歯を使って身から分離し、身をガムのように嚙みながら同時に芯をなめるのが無上の幸福だった（ちなみに不二家には「ソフトエクレア」という飴もあり、それを歯で嚙むと中の詰め物がニュルッと出てくるのもまた至福の瞬間だった）。

butsubutsu
nukanuka
mokamoka
mosomoso
iboibo

それからカバヤのジューC。本来は硬いのを口の中で少しずつ溶かす菓子なのだが、ごくたまに、ホロッと口の中で崩れるくらい柔らかいのが混じっていた。新しい一個を口に含み、試しに端のほうを噛んでみて「ホロッ」となったときの喜び。そういうのに当たると、舌の上に大事に載せて少しずつ唾液を吸収させ、自然に崩落していくさまを楽しんだ。

そういうことはもう全部やらなくなってしまった。今の私はメロンの種を捨てるし、バナナの筋をきれいに取ってから食べる。いつからそうなったのか、どうしてそうなったのか、記憶が定かでない。

大人になってから、おいしいカニの店に連れていってもらったことがある。カニをまるごと茹でたのが皿にのってドンと出てきた。甲羅をとって、いちばん手前のビラビラしたところを食べたら、とてもおいしかった。思ったままに「おいしい！」と言ったらみんなに笑われた。そのビラビラは「ガニ」と言われるカニの鰓《えら》で、まずいから避《よ》けて食べる部位なのだそうだ。

がっかりして、でもあきらめきれずに、こっそりもう一度食べてみた。

もうさっきほどにはおいしくなかった。

怖いもの

子供のころは、いろんなものが怖かった。

部屋の中で牛乳を飲むと、コップの表面に、丸の下にハート型の切れ込みが入ったような変な形の影ができた。幼稚園のころはそれが怖かった。

それは何らかの「敵」であるように思われた。友だちや家族の誰に聞いてもそんな影はないという。私の牛乳にだけそれがあるのだから、それはやはり私に何か害をもたらそうとしているのにちがいなかった。

だから幼稚園での毎日の牛乳タイムは、私にとって闘いの場だった。コップをのぞきこむ。敵がいる。なんとかそれを飲みこまないように、唇を突き出して少しずつ吸う。だがどんなに気をつけても、最後まで飲み干してコップの底を見ると、敵の姿は消えている。最後の数滴にまぎれてまんまと私の体内にもぐりこんでしまったらしい。

ある日、小学生のいとこの家で図鑑を見せてもらっていて、雷に打たれたような衝撃を受けた。「敵」の写真が載っていたのだ。いとこによると、それは「ヤコウチュウ」という生き物だった。海に住んでいて、夜になると体が光るのだという。私は震撼した。なぜ海にいる生き物が私の牛乳のコップの中にいるのかはわからなかった。だがもう今までに何十、何百と体内に取りこんでしまったその敵は、夜になると私のお腹の中でひそかに光っているらしいのだ。その日以来、私は夜お風呂に入るとき絶対に自分のお腹を見ないようにし、寝るときも布団をきっちりかぶって決して中を覗かないようにした。光が皮膚ごしに透けて見えるのが恐ろしかったのだ。

お風呂といえば、ゾウガメも怖かった。当時、家の風呂は床の上に木の浴槽をじかに置くタイプで、風呂場の角と、浴槽の丸みをおびた角のあいだにできたわずかな隙間から下をのぞきこむと、そこにいつもゾウガメがいた。

それは一見したところ、両手に一杯のどろどろのコンクリートをどさっと落としてそのまま固まった、といった風に見えたが、私の目には見れば見るほどゾウガメにしか見えず、しかも日々ゾウガメらしさを増している気がした。こちらが充分に長い時間じっと音を立てずにいればカメが油断して動くにちがいないと考えて、いつまでも湯船の中で息を殺して待ったが、たいてい私のほうが先にフラフラになった。

それから私は自分の両手も怖かった。それは多分にそのころ読んだ水木しげるの漫画の

せいで、死んだ人の両手だけが独立した生き物のようになって、十本の指をカサコソ動かしてあちこち這いまわる、というような話だった。

その話を読んで以来、何もすることがないようなときにふと自分の手を見てしまうと、急にひどく不気味なものに見えてくる。しわしわで関節がいっぱいあって、とても自分のものとは思えない。じっと見ているうちに、もうそれは意志をもってカサコソ動きはじめる。机の下に隠れたり、勝手に私の体に這いのぼってきたりする。これは明らかに妖怪だ。

だが私はこの妖怪のうまい利用法を思いついた。暗い部屋に（これも私の怖れるものの一つだった）電気を点けて入っていかなければならないとき、まず部屋の中に手だけを入れて、しばらくじっとしている。そうやって暗闇に潜んでいる他の妖怪たちを油断させておびき出しておいてから、おもむろに電気を点ける。妖怪たちは仲間の裏切りに驚き怒りながら、物陰に隠れる暇もなく光を浴びて絶命する。私はその断末魔の悲鳴を聞き届けてから、安心して部屋に入っていく。

そんなときは、ねぎらいに自分の手を撫でてやるが、手は心なしかうなだれて見える。

閉会式

社宅の建物は灰色で、私はその前に一番いい服を着せられて立っていた。靴はエナメルの黒いストラップつき、ちくちくするレースのついたソックスをはいていた。横には両親もいて、やはり取っておきのいい服を着ていた。私は四歳だった。妹はまだいなかった。

次に気づくと、もうそこはとてつもなく大きなすり鉢状の場所だった。すり鉢はびっしりと人で埋め尽くされていて、さっきまでの灰色世界とはうってかわって、いろいろな色の粒がぎっちりと詰め込まれ、ざわざわと動いていた。そして自分もその色やざわざわの粒の一つなのだと思うと、すこし目まいがした。

すり鉢の底のほうで、すでに何かが始まっていた。

馬だ。人をのせた馬がつぎつぎ出てきては何かをひらりと飛び越えたり、斜めや後ろに歩いてみせたりして、そのたびに拍手がおこる。

目をこらして一心に見ているうちに、ときどき紙でできたぺらぺらの馬が混じっているのに気がついた。上に乗っている人もやっぱりぺらぺらで、途中で折れ曲がったり風で飛ばされたりする。バスぐらいのものすごく大きな馬が出てきたりもした。大きい馬は心なしか透き通っていて、何も飛び越えずにすーっと出てきてすーっと消えてしまう。

すり鉢が歓声に包まれた。気がつくと馬はもう一頭もいなくなっていた。「アベベだ」「アベベだ」というささやき声があちこちから聞こえてきた。みんなが見ている方向を見ると、すり鉢の底に引かれた線の上を、小さな小さな人が一人で走ってくる。よく見るとそれはグリコのマークの人だった。小さな人はそのままグリコのポーズでテープを切り、すり鉢はうおおおおという地響きのような歓声に包まれた。

次の瞬間ラッパの音が高らかに鳴り響き、すべての照明がふっと消えた。

遠くのほうから、何かがざわめきながら近づいてくる気配がした。人だった。見たこともないほどたくさんの人間がすり鉢の底にあいた小さな窓からわらわらと出てきて、すり鉢を埋めつくした。みんな思い思いの服を着て楽しそうに笑い、なかには五人、六人と肩を組んでスキップしたり踊ったりしているのもいる。

そのうちに、人間たちの頭がマッチのようにぼうっと燃えあがり、一人ひとりが松明《たいまつ》に変わっていった。松明はしだいに整列し、一列になってうねり出した。すり鉢の観客席の中からも炎が風船のようにつぎつぎ立ちのぼり、松明の列に加わって、やがて一つの大き

な輪を作ってゆらゆらと揺れだした。私は左右の両親を見ようとしたが、暗くてよく見えなかった。自分の手さえも見えなかった。もしかしたら自分の炎もあの中にあるのかもしれなかった。

やがて輪がしだいに小さく縮んで点になった、と思ったらドドドドドンとお腹にひびくような大音響とともに花火となって打ち上がり、夜空に英語の文字が浮かび上がった。

「何と書いてあるの」とたずねると、〈メキシコで会いましょう〉、という答えが暗闇の中から返ってきた。父の声とも母の声ともちがう気がした。

空の文字はいつまでたっても消えずにきらめいていた。と思う間もなく次第ににじんで広がっていき、目の前のものがすべてぼやけて、上からと下から緞帳《どんちょう》のようなものがすーっと閉じてきて、何も見えなくなった。

ファラの呪い

私が大学生だった頃、周囲の同性はほぼ全員がサーファーカットと呼ばれる髪形をしていた。それはもう、法律で決められているのではないかと思うほどに誰もかれもがその髪形だった。

たぶんそれは目に見えない法律で、私以外の全員は何らかの方法によってそれを感知し、いっせいにサーファーカットを始めたのにちがいなかった。

私は憧れた。世に流通する不文律に盲目であるために数々の失敗をしてきた悲しい思い出があるので、今度こそ仲間入りを果たしたいものだと考えた。ファラ・フォーセット・メジャーズという初代チャーリーズ・エンジェルの金髪女優の真似をした、正面から強風を吹きつけられたみたいに顔の両脇の髪が斜め後方に流れているサーファーカットを、本当は特にいいと思ったわけではなかったが、不文律の恩恵に浴して楽しげな人生を謳歌しているらしい他の人たちがしている髪形というだけで、なんだかキラキラして見えた。

だがサーファーカットへの道は想像以上に険しかった。サーファーカットの人になるためには、髪にブロウということをしなければならなかったのだ。

ブロウを行うには、まず片手に持ったブラシで髪を少量すくい取り、もう一方の手でドライヤーの熱風を当てながらゆっくりと両手を毛先に向かって動かしていき、髪を後方に流す。それは私の能力を超える技術だった。ブラシを後方に流しながら同時に手首を回転させて外向きにカールさせなければならないのに、何がいけないのか、ことごとく内巻きになった。すべての動作を鏡を見ながらやらなければならず、動かそうと思ったのといちいち逆方向に手が動いた。焦ってやり直そうとすると、髪がブラシに絡んで取れなくなった。

来る日も来る日も鏡の前で奮闘したが、どんなにやっても私の髪は自然に斜め後方には流れず、キラキラともしなかった。それどころか毎日長時間ドライヤーの熱風にさらしたために、顔の両脇の髪がゴワゴワに傷んで赤茶色に変わり、日本史の教科書で見た「検非《けび》違使《いし》」のように顔の前方に突き出した。

朝、寝床の上に起き上がると、鏡を見なくても赤茶のゴワゴワの先端が目に入る。悲しかった。不文律に通じているみんなは風もないのに斜め後方に髪が流れてファラ・フォーセットなのに、なぜ自分ひとりが検非違使なのか。

検非違使の先に朝日が当たり、毛先の一本一本がくっきり見えた。よく見ると、そのことごとくが枝毛になっている。二股、三股は当たり前、すごいのになると七股八股、その分かれた先がさらに何本にも分岐している。

私はハサミを取り出し、できるだけたくさん分岐している枝毛を探し出しては切りはじめた。収穫物を白い紙を広げた上に並べ、トーナメント方式で闘わせて順位を決めていく。だんだん楽しくなってきた。時間が飛ぶように過ぎていく。もしもこの世に枝毛選手権があったら、今の私は間違いなく日本一、いやひょっとしたら世界だって狙えるんじゃないだろうか。もしかしたら私はブロウが下手だったのではなくて、枝毛を育む才能があったのではあるまいか。

検非違使の技を究極まで鍛えあげた自分が、日本そしてアジアを制覇し、ついには世界大会の表彰台に乗ってメダルを首にかけられ、世界新を叩き出したその何十股かの枝毛が枝毛博物館の殿堂入りを果たすところをうっとりと思い描くころ、不文律の幸福はカチリと音をたてて、また目盛りひとつぶん私から遠ざかった。

みんなの名前

中学、高校とつながった女子校に通っていた。

人生のかなり重要な時期をそこで過ごしたというのに、何だか断片的なことしか思い出せない。

制服がなかったのでみんなでたらめな服を着てきて、中には下駄にハッピ、腐った学帽などという者もいたこと。

制服がないかわりに校章をつける決まりになっていたが、それすらつけていない者が多く、月に一度のバッジ検査があるにはあったが、廊下を注意深く探せば必ず一つや二つは落ちていたのでそれを拾ってつけて事なきを得たこと。

友人数人と「何重顎までできるか競争」をやっていて、顎の筋肉が攣って死にそうになったこと。

地理の授業中にクラスの半数以上が早弁をし、あげくにその日のお茶当番が匍匐《ほふく》前進で給湯室までお茶の入ったヤカンを取りに行ったこと。

物理のテストの学年平均点があまりにも低かったため、物理の先生が歯ぎしりして奥歯が割れたこと。

女子校なのにトイレが尋常でなく汚く、ついにある日緊急全校集会が招集され、お掃除のおばさん数名がトイレ掃除のつらさ大変さを壇上から切々と訴えたが効果がなかったこと。

ある年の国語の入試問題で、文中の「おいそれとは○○できない」と同じ用法の〝おいそれ〟を以下より選べ、の選択肢の一つが「おいそれ取ってくれ、大島君」であったこと。

それが校長先生の名前であったこと。

それからそう、みんな呼び名が変だったこと。

たとえば山本だから〈ヤマちゃん〉だとか、美知子だから〈みっちゃん〉だとか、〈サユリ〉とか〈ケイコ〉とか〈ユカリ〉とか、そういう素直なネーミングの人は少なかったような気がする。

たとえば〈シモちゃん〉と呼ばれていた子がいたが、名前のどこにも「下」の字はつかなかった。冷蔵庫のコマーシャルの「霜取り博士」の真似が上手かったので、そう呼ばれるようになった。

〈ドリャ〉という子もいた。「ドラキュラ」という言葉をうまく言えず、その称号が与え

nya
boo
nyu
bee

られた。

〈三度笠〉。下の名前の「美登里」が三度笠っぽい、という理由から。

〈ポポコ〉。色白で柔らかそうで、何というかもうポポコとしか言いようがなかったから。

〈男体山〉。これは私がつけた。申し訳ないことをしたと思っている。

〈物〉。顔がおにぎりに似ていたので最初は〈おにぎり〉と呼ばれていたが、これが進化の最終形。

〈にょら〉〈のから〉〈きゃんら〉〈フニャワラ〉。名前がニャニュニョ変換されてこう呼ばれるようになった、そのほんの一例。他に〈ウエブー〉〈ヨシブー〉といったブー変換の一族もいた。

〈とつろ〉〈べッペ〉〈バニホ〉〈プルプル〉〈アビ〉〈エビムシ〉〈ギャアマ〉。こうなってくるともう由来も経路もわからない。

あの学校を卒業してからもう何十年も経つ。娘が同じ学校に入った、という人も少なくない。みんないい大人だ。それでも、会えば一瞬で当時の名で呼び合う。懐かしくもあり、異様でもある。

ところで、ここに挙げた中には私の呼び名も入っている。

どれかは秘密だ。

スキーの記憶

くどいようだが、オリンピックが嫌いだ。

これほど口を酸っぱくして言いつづけているにもかかわらず、今年もバンクーバーで普通に冬季オリンピックは開催された。

オリンピックは嫌いだが、冬季オリンピックはもっと嫌いだ。

ただでさえオリンピックは、肉体を異常に鍛えた人々が異常な競争心をむき出しにして、異常に高く跳んだり異常に速く泳いだり異常にくるくる回ったりする異常な祭典なのに、そこにもってきて冬季オリンピックはそれを冬にやるのだ。あの寒いことで有名な冬に、外で、しかも雪とか氷とかの上で、わざわざ全身に不自然な道具類を装着して、異常に高く跳んだり異常に速く滑ったり異常にくるくる回ったり異常にごしごしこすったりするのだ。全員気が狂っているとしか思えない。

それはたしかにフィギュアの選手はすごいと思う。地面の上でもあんな風に三回転半ジャンプとかスピンとかはできない。子供のころスケートはやったが、転ばないように氷の上に立っているのがやっとだった。彼らがくるくる回ったり足を上げたりジャンプしたりする、その足元を見ていると、鼻の奥を古びた革の匂いがかすめる。何度も転んでびしゃびしゃになった尻の冷たさ。乾燥室のストーブの灯油の匂い。壁に激突した大人が担架で運ばれながら流していた鼻血の赤。そういうものがいちどきに蘇ってきて、不穏な気持ちになる。

スキーもいろいろ思い出して危険だ。

スキーには、大学のとき一度だけ行った。クラスの女子何人かで行くのだが、欠員が出たので来ないかと誘われた。その人たちは、シーズンになると毎週末繰り出していくようなフリークだった。最初はむろん断った。スキーなんてやったことがないし、道具もない。それでも、大丈夫、道具はお姉さんのお古を貸してあげるし、自分たちが手取り足取り教えてあげるから、と熱心に誘われたので、行くことにした。

リフトで頂上まで運ばれて、さあ教えてもらおうと振り返ったら、みんな一目散に滑っていった後だった。百回ぐらい転びながら下まで降りて、教えてくれるって言ったのに、と抗議すると、「そんなのねえ、誰だって自力で覚えるもんなの！」と一喝された。完全に顔つきが変わっていた。みんな日が暮れるまでに一本でも多く滑りたいのだった。

次の日はさすがに哀れに思ったのか、コーチについてボーゲンや方向の変え方などを習う一日コースに皆で入った。だが私はボーゲンでスピードが出すぎ、方向転換しようとして雪に突っ伏し、隊列を作って滑れば一人だけ百メートルぐらい遅れ、鉄塔に板をひっかけてリフトを緊急停止させた。情けなさに涙が出て、ゴーグルの下のほうに金魚鉢のように溜まった。

それでも三日めになると、曲がりなりにも一人で上から下まで滑って降りて来られるようになった。スキーってひょっとしたら楽しいのかも。そう思いはじめた矢先、コースを大きく外れて新雪の中に倒れこんだ。仰向けになったまま、ずぶずぶと一メートルぐらい沈みこんだ。ストックを突いて立ち上がろうとしたら、ストックはどこまでも深く刺さって抜けなくなった。「おーい」と呼んでみた。誰も来ない。見上げると、自分の形にあいた穴の向こうに空が青かった。静かだった。もう二度とスキーなんかやらない、と心に誓った。

それから二十数年が経ち、学校を卒業し、就職し、会社を辞め、今の仕事に就いたが、本当にあれきり一度もスキーはやっていない。特に後悔はしていない。

ただ、一つだけ今も気にかかっているのは、あのときどうやって新雪の穴から出たのか、記憶がないことだ。誰かが助けに来てくれたのだろうか。それとも自力で脱出したのだろうか。私は本当にあそこから出たのだろうか。今こうしてこれを書いているけれど、本当の私はまだあの雪の中に埋まったままなのではないだろうか。

愛先生

私の通った大学には、変わった名前の先生が多かった。

たとえば、学内の掲示板に〈来週水曜日のロボ先生の宗教学Ⅱの講義は休講です〉などと貼り出される。

ロボ先生！　私たちはどよめいた。全身メカかよ！

別の日には〈何先生の倫理学の教室が変更になりました〉と貼り出される。

何先生！　私たちはまたどよめく。何先生って何！

そんなことになるのは、たぶんその大学がイエズス会系だったせいだ。教員の何割かは、いろいろな国のイエズス会神父によって占められていた。ロボ先生が何国人かはわからなかった。

きわめつきは、ラブ先生だった。

ラブって！　最初の授業が始まる前、私たち英文科の学生はまたどよめいた。それって本当に名前かよ！

そこに教室のドアが開いて、先生が入ってきた。

キリスト、と誰もが思った。金髪碧眼。痩せて背の高い白人男性。ひげを生やし、髪は肩まで垂らしている。額に茨の冠がないのが不思議だった。

先生は大股に教壇に上がると、「マイ・ネーム・イズ……」と言い、おもむろに背を向けると、チョークではなく黒板消しを手に取って、黒板の面積いっぱいに

LOVE

と大書した。

ぐぎゅ、というような音を聞いた気がした。女子は全員口を薄く開き、男子は全員うつむいていた。クラスの女子たちの心が射抜かれ、男子たちの心が折れた音だった。だがラブ先生はイエズス会士だった。イエズス会士は生涯女人断ちを神に誓った人々なので、決

して萌えてはならないのだった。だから私たちはよけいに萌えた。

ラブ先生の授業は面白かった。英語の詩を精読する授業だった。

海の血管、という言葉がある詩の中に出てきたことがある。それが何なのか、私たちの誰もわからなかった。ラブ先生は授業一回ぶんをまるまる費やして、謎ときのようにそれを私たちに推理させた。いまだに私は、遠くから見る海の表面に道のように見える筋を見ると、あ、海の血管、と思う。

授業では必ず英作文の宿題が出た。何について書いてもよかったが、「とにかくconcrete（具体的）に」が先生の口癖だった。オチのある話や、〝ちょっといい話〟みたいなものだと、先生はキリスト顔を悲しげに曇らせて「ちっとも具体的ではない」と首を振った。

逆に、誰かが高熱を出したときの思い出について書いたときはすごかった。「四十度の熱が出て、ふと夜空を見上げたら、星がいっせいに自分の上に落ちてきた。額が冷たくて気持ちよかった」と彼は書いたのだった。先生は教壇の上でぴょんぴょん跳ねながら「すばらしい！　とても具体的だ！」と叫んだ。

私の英作文は低調で、褒められたのは一度だけだ。高校のとき、部活の合宿で夜の山に登ったら、シュークリームそっくりの雲が地平線にたくさん浮かんでいて、その中で無音のまま稲光がいつまでもぴかぴか光っていた。たしかそんなことについて書いた。

LOVE

卒業して十年くらい経ったころ、ラブ先生の訃報が新聞に載った。まだ六十代だった。神父の肩書は消えていて、喪主の欄には奥さんの名前があった。

着ぐるみフォビア

小学生のころ、家の近所に「快獣ブースカ」がやって来た。

窓の外で「ブースカだ！」と叫ぶ声がして、あわてて家を飛び出してみんなの走っていく方向に走っていったら、近くの公園に、ブースカは本当にいた。番組のロケだったらしく、テレビ局のカメラも来ていた。私たちはわっとブースカを取り巻いた。だがそうするうちにも後から後から子供は押し寄せ、狭い公園はたちまち人であふれ、押しくら饅頭のようになった。私は他の一番乗り組の子たちとともにブースカの体に押しつけられ、潰されるのではないかと本気で怖くなった。

そのときだ、私が耳を押し当てているブースカの胸のあたりから「チッ」と小さな舌打ちが聞こえた気がしたのは。私ははっとなってブースカの鼻の穴を見上げた。怒ったような二つの目玉が、奥からたしかにこちらを見返していた。

それから、大人になってからのこと。

私が勤めていた会社がゴルフのトーナメントを主催しており、社員は年に一度、その手伝いに狩り出された。ある年の私の受け持ちはスタート地点近くの売店小屋だった。そして、そこはたまたま「カンちゃん」と「サンちゃん」（仮名）の休憩場所でもあった。「カンちゃん」と「サンちゃん」は大会のマスコットで、カモメのようなツバメのような動物の色違いのペアだった。ペアは三組あり、広いコースのあちこちに散らばって、ギャラリーに愛想を振りまいたり、子供と記念撮影をしたりしていた。それが午《ひる》になると売店小屋に集結して休憩するのだが、被《かぶ》りものを取り、背中のファスナーを下ろして半脱ぎの姿で小屋の隅に無言で座っているその人々の表情は、なぜか一様に険しかった。背後を通っただけでキッと睨まれる。ジュースを差し入れても誰も何も言わない。ときおり小声で「ざけんな」「ったくよ」などと言うのが聞こえる。

そうこうするうち、自分でも着ぐるみを着る機会が訪れた。会社のパーティの余興で、新入社員がペンギンの着ぐるみを着て踊らされた。着ぐるみの中は真っ暗で、暑くて息苦しくて孤独だった。羽根をパタパタさせて踊るほどに、世界と自分との間に溝ができた。自分を見て無邪気に喜んでいる人たちに、うっすら敵意のようなものがわいてきた。ブースカや、カンちゃんサンちゃんの気持ちが、少しだけわかった気がした。

以来、私はすっかり着ぐるみが怖くなった。それが可愛くて愛嬌のあるキャラクターで

あればあるほど、その内側に詰まっているはずの暗闇や孤独や舌打ちとのギャップに、背筋が凍る。

ある物知りの人から聞いた話だが、アメリカには着ぐるみ専門の養成キャンプというものがあるのだそうだ。大学のフットボールの試合などに出てきて飛んだり跳ねたりするマスコット、あれの技能を磨くための強化合宿だ。そしてそこで頭角を現した者は、件《くだん》の〝ランド〟にスカウトされるのだという。

そこではマスコット志願の人々が、朝から晩まで着ぐるみを着て生活している。寝るときも着ぐるみ、食事も着ぐるみ、シャワーも着ぐるみの上から、もちろんしゃべることは一切許されず、すべてはジェスチャーで伝え合わねばならない。そのマスコットになりきるためには、それくらい徹底しなければだめなのだ。そうやって何週間、何か月、あるいは何年か過ごすうちに、ついにその人とマスコットは完全に一体化し、普通に考え、振舞えば、それがおのずとそのマスコットの仕種になる、という域にまで達する。

そこにある日スカウトマンがやって来る。スカウトマンはあなたに着ぐるみを脱ぐように言う。あなたは頭の被りものを何週間、何か月、何年かぶりに取ろうとするが、すでに皮膚と着ぐるみがくっついて、どうやっても脱げない。皮膚がメリメリいい、血がにじむ。

スカウトマンがにっこり微笑み、あなたは晴れて〝ランド〟の住人となる。

イ

最近、気がつくと「イカとっくり」について考えている自分がいる。「イカとっくり」はどこか北国の漁港で作られる。イカの胴の部分をとっくりの形に整形して、本物のとっくりと同じように中に酒を入れて使う。

以前、テレビでイカとっくりを作っているところを見た。イカの足を取りはらわたを抜き、袋状になったイカの胴を型にかぶせて形をととのえたのち、干してカチカチになるまで乾かす。できあがったものは美しい飴色をおび、本当にとっくりそのものの形状をしている。熱燗を入れれば酒にイカの風味が移って具合がよく、最後に酒で柔らかくなったのをそのまま食べれば酒のつまみにもなって一石二鳥。酒飲みにとってはまさに理想の一品だ。

しかし考えてみたら、これってひどい死体凌辱ではないのか。

むかし『悪魔のいけにえ』という映画があった。テキサスの人里離れた一軒家に殺人鬼が住んでおり、ヒッチハイクで拾った人間をチェーンソーでつぎつぎに襲ってバラバラにする。この殺人鬼には趣味があり、バラした死体でいろいろなものを作る。テーブルランプや机や椅子などの実用品だ。殺人鬼は人里離れた一軒家で、彼なりの素敵インテリアに囲まれた素敵ライフを送っている。

イカからすればイカとっくりは、その殺人鬼のやっていることと何ら変わるところがない。最後に食べたりするぶん、殺人鬼よりさらに猟奇的でさえある。

『悪魔のいけにえ』を観て、私たちは怖がる。血が飛び散り内臓がはみ出る残虐さに思わず目をおおう。ということは、イカにイカとっくりの製造工程やそれの使用されているさまを見せれば、やはりイカは怖がるであろうか。それともイカとはいえしょせんはけだもの、何も感じず考えず、そのガラス玉のような目にただひたすら虚無を映して、オキアミのことや水の冷たさのことや交尾産卵のことなどをぼんやりと考えているのであろうか。

それからまた最近の私は、気がつくとO監督の胃について考えている。

野球のO監督は大病をして、胃を全摘出した。それも開腹手術ではなく、内視鏡で取ったと聞いた。ということは、ひょっとして肛門から内視鏡を入れてその先っぽで胃を切り取り、取った胃をそのまま引っぱっていって肛門から出したのであろうか。

もしそうなら、そのときの切り取られたO監督の胃の気持ちはいかばかりであっただろ

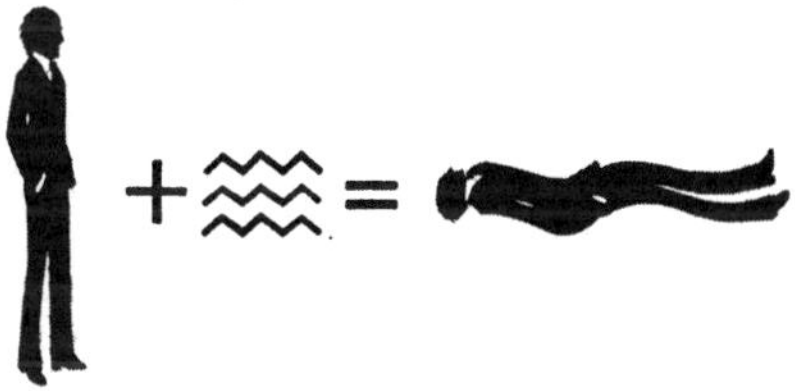

う。

かつて消化器官類の先陣をきって食べ物を消化し、腸に送り出す立場にあったのが、いまや自分が消化されたもののように腸を送り出されていく。情けなかっただろうか。無念だっただろうか。それとも、長年勤め上げた学校を定年退職して、いつもは卒業生を送る側であったのが今日は送られていく教師のような、一抹の寂しさとさわやかさの入り混じった気持ちだったろうか。あるいは今まで見ることがなくてただ想像するしかなかった腸の世界を目の当たりにして、わくわくしていただろうか。

そしてまた腸の側はどうだったのだろうか。王の葬列を見送るような厳粛な気分であっただろうか。それとも明日はわが身、健康には気をつけねばなどと思っただろうか。それともいつもとは違うものを通さねばならない違和感に、ただじっと耐えていただろうか。

そして最近では、胃で作った胃とっくりなどというものについてそろそろ考えはじめている自分がいる。

新しい習慣

ひょんなきっかけから、片足で立つようになった。

家の居間で、床の上にじかに座ってテレビを観ていて、立ち上がった瞬間にふとやってみたくなった。

右脚を曲げて左脚につけ、両腕は自然に垂らして一本足で立ってみた。

意外なほど安定している。

ぐらぐらもしなければ、じりじりもしない。

両足で立っているときより安定感があるくらいだ。

そしてさっきまで胸の中を埋めつくしていたはずの日々の鬱屈やら小さな心配事やら、テレビで誰かが発した嬌声やらがふっとかき消え、しんと澄んだ心にただ左足が重力を受け止める感覚だけを浮かべている。

これはいったいどうしたことだ。

今までの人生で、片足で立ってみようなどと思ったことは一度もなかった。「あなたの肉体年齢チェック」みたいなもので、目をつぶったまま何秒間片足立ちできるか、というのをやったことがあるくらいだ。

だが今度のはそれとはまるでちがう、なにか体の奥底からわき上がるような衝動だった。しかもやってみると、不思議なほどのこの快適さ。

しばらくそうやって片足立ちを楽しんでいたが、無為に垂らしている腕がもったいないような気がして、頭の上で輪をつくってみた。

おお。

すごく楽しい。片足はいよいよびくともしない。

さらにいろいろなポーズを試してみた。両腕を斜め上にまっすぐ伸ばしてYの字。そのまま曲げていた脚を斜め下に伸ばしてXの型。頭の上に両手で花を作ってお遊戯。両腕を水平に伸ばして案山子。右腕をまっすぐ上に、左腕を真下にぴんと伸ばして鶴のポーズ。

鶴。そういえば昔から鶴のことは気にかかっていた。頭の頂《いただき》が赤いタンチョウが特に好きだ。鶴の横に立ち首に腕を回して記念写真を撮ってみたい。鶴やフラミンゴがときどき片足で立つ理由がわからなかったが、今ならわかる。

そういえば、とまた思い出す。つい最近、写真を整理していて鶴を見た覚えがある。そ

こでアルバムをめくってみると、あった。二十年ぐらい前に、どこかの動物園の、鶴やクジャクなどが放し飼いになった場所で撮った写真だ。一枚目は手前に私が立ち、向こうのほうに鶴がいて、遠くからこちらを見ている。二枚目はその同じ鶴が私のすぐ横に立って、私を間近に見ている。二枚は連続して撮られたようだ。この後どうなったのだろうか。記憶が定かでない。

それからかれこれ二週間ちかくが経とうとしているが、片足立ちの習慣はまだ続いている。それどころか、片足で立っている時間は日を追うごとに長くなっている。

ポーズのバリエーションも増えた。膝を曲げ前かがみになり両腕を前に突き出し脚を後方に伸ばして水泳の飛び込みのポーズ。立っているほうの膝を軽く曲げもう片方の脚を大きく前に蹴り上げて馬鹿歩き省。腕を後ろに回して足の先をつかんでビールマン・スピン。何をやっても、最後は鶴のポーズで締めくくる。上下の手首を九十度に曲げて嘴と尾を表現する。

きのうはとうとう頭の上に赤いタオルを載せた。

明日あたりは鳴くような気がするが、鶴がどんな声で鳴くのか、その時になってみないとわからない。

ハッピー・ニュー・イヤー

捨てる。

とにかく捨てる。

この一年に降り積もり山となり部屋を埋めつくし部屋からあふれ出す有象無象のものたちを捨てる。

書きおわった原稿。用済みのゲラ。やりとりのファックス。思いつきのメモ。誰のものかわからない電話番号。調べ物のコピー。掲載誌。掲載されなかった誌。

見ないで考えないで　心不乱に捨てる。

目をつぶって無我の境地で捨てる。

似合わないとわかっていながらネットで買ってやっぱり似合わなかった服。サイズを間違えて買ったバスマット枕カバー靴下テーブルクロス。「一生もの」のつもりで買ったカシミアセーターマフラーコートスーツ。

後悔するとわかっていても捨てる。

いつかきっと何かの役に立ちそうな切り抜き。誰かの書いたとても面白い文章。死ぬまでに行ってみたい場所の素敵な写真。自分にも簡単に作れそうな手軽で廉価でしかも失敗ゼロの料理のレシピ。「引っ越しました新しい住所は」のハガキ。「転職しました新しい会社は」のハガキ。「結婚しました新しい名前は」のハガキ。

目を見開き裂帛《れっぱく》の気合とともにキエーッなどと叫びながら捨てる。

びりびりに引き裂き叩きつけるようにして捨てる。

おのれの愚行に嫌気がさして泣きながら綴った反省文。中学の時の日記帳。「殺す」と百回書かれたA４の紙。夜中に開催した一人記憶スケッチアカデミーのドラえもんウルトラマンニジンスキー天狗扇風機モーツァルト。

たまに捨てる手を止めてしみじみと見入る。

汚れっちまった大人になる前の子供の頃の自分の写真。心のこもった手紙。可愛がっていた猫の首輪。手垢で汚れたぬいぐるみ。思い出の貝殻。旅先で買ったおみやげ。珍しい形の石。何十年も大切に取っておいた四つ葉のクローバーの押し花。大吉のおみくじ。懐かしいお守り。

大切に脇にどけ、綿を敷きつめた箱にしまう。

慈しむようにそっと指先で撫でる。

箱ごと捨てる。

捨てる。

雑誌。新聞。本。つまらなかった本。面白かった本。まだ読んでない本。読みたかった本。何度も繰り返し読んだ本。二度と手に入らない本。CD。MD。LD。ビデオ。電話。ファックス。パソコン。机。椅子。本棚。食器棚。薬棚。

部屋の中ががらんどうになり何も捨てるものがなくなってもまだ捨てる。

いま着ている服。眼鏡。へそのごま。さし歯。髪。爪。皮膚。筋肉。脂肪。内臓。骨。

記憶を捨て、感情を捨て、友情を捨て、愛情を捨て、過去も未来も捨て、希望も捨て、名前も捨て、心も捨て、
捨てても捨ててもまだ捨て足りず、まだ何か捨てるものはないかと見回しているうちに窓の向こうに新しい年の日が昇り、それも捨ててやろうとしたけれどそれはさすがに無理で、
仕方がないので「ハッピー・ニュー・イヤー」と言おうとしたけれどもはやそれを言う口も言葉も相手もなかった。

読書体験

大きい本を広げて読んでいる。

左右のページの端を両手の親指で押さえ、残る四本指で本の裏側を支えている。

本を読んでいるあいだじゅう、親指は視界の両隅に、ぼんやりとした肉色の球となって見えている。手の他の部分は本の陰に隠れて見えない。

読みふける。

集中して読むうち、だんだんと肉色の球が視界から消え、ページの端を押さえている親指の感覚が消え、本を支えている両手の感覚も消え、宙に浮かんだ本を読んでいるような感じになってくる。両手は何となく、下にぶらんと垂らしているような感じ。

ふと我にかえる。ページの両端に見慣れない肉色の物体がへばりついている。何だろうと思って見る。関節のしわ、爪、ささくれ、人の指だ。でも私の両手はぶらんと下に垂らしているはず。ならばこれは誰の指。もしや自分の指。つまり自分には手が四本。

ぎょっとした瞬間、手の感覚が戻る。両手はぶらんと下に垂らしてなんかいない。本の表紙を支えている。親指でページの両端をしっかりと押さえている。手は二本しかない。

気を取り直してふたたびページに目を戻す。

しだいに集中する。手の感覚が消えていくが、そのあいだじゅう、視界の両隅にはぼんやりと肉色の球が見えている。

これは自分の指だ。そう。

でも本当に親指なのかどうか、だんだんわからなくなる。

もしかしたら右は親指、左は小指なのかもしれない。

同じ一つの手の。

右手だけで本の裏側を支え、親指と小指を折り曲げて左右のページの端をしっかりと押さえている。

右手だけが差し渡し五十センチほどの巨大なウチワ状になった感覚にうわっとなり、思わず本を取り落とす。

右手を見る。元の大きさに戻っている。握ったり開いたりして、いつもの自分の手であることを確かめる。

本を拾い上げ、ふたたび読みはじめる。

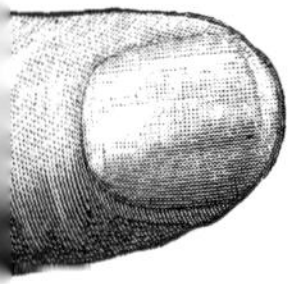

集中するまでに時間がかかるが、徐々に本を支える両手の感覚が消え、ページを押さえる親指の感覚が消える。両手はぶらんと下に垂らしている。けれども視界の両隅にぼんやりと見えている肉色の球はいつまでも消えずに残っている。

無視して読みつづける。これは親指、両方とも親指、と言い聞かせながら読む。しだいに文にのめりこむ。

識閾下で右の親指と左の親指の根元が長く伸びて本の裏側で一本につながり、自転車のハンドルバーのような形になる。他の指は消滅している。両手は下にぶらんと垂らしたままだ。ならば本の重みをどこで支えているのかとたどっていくと、ハンドルバーのちょうど中央のあたりから太い一本の棒が伸びており、それが臍《へそ》から支柱のように生えている。

うわっと叫んで本を取り落とす。

腹をさする。臍から支柱は生えていない。

手を見る。親指どうしはつながっておらず指も五本ある。

本を拾い上げ、気を取り直して読みはじめる。

本を置き、台所に行く。

戻ってきて、鍋つかみ用のミトンを両手にはめると、本を広げ、読みつづける。

遺言状

そんなつもりではなかった。本当は喉を診《み》てもらうつもりだった。少し前から喉に違和感があった。なんだか詰まるような感じがした。物を食べたあと、いつまでもその食べたものが喉のあたりに溜まっている気がする。呼吸も苦しい。

私は死を覚悟した。まちがいなく恐ろしい病だった。遺言状を書いた。やりかけの仕事は誰か頼みます。家の本はぜんぶ売ってください。そして死の宣告を聞くために病院に行った。

私の話をしばらく聞いて、医者は「では胃カメラを飲んでもらいます」と言った。意表を突かれた。レントゲンもしくはCT、しかるのちにフィルムを見せられながらの宣告、という流れしか予想していなかった。胃カメラの恐ろしい噂はいろいろと聞いていた。むしろ死よりも恐ろしかった。なぜ喉なのに胃カメラを飲むのですかと訊くと、喉の中を見るには胃カメラ以外にないのだと言う。喉までじゃだめですかと言うと、だめだと言われた。そうこうするうちに「今ちょうど空いていますからすぐに行ってください」と予約を入れられてしまった。

　変な空色のガウンに着替えさせられると、同じガウンを着たおじさん二人が座って上を向いているベンチに座らされた。液体の入ったコップを渡され、これを飲まずに喉にためて二分間じっとしていろと言われた。上を向いてじっとしながら、この状況について考えた。おそろいのガウンを着て、同じように右手に紙コップを持って上を向いている三人。モンティ・パイソンにこういうシーンがありそうだ。うっかりそう思ってしまったとたん、喉がひくひくし出した。このままでは液体を飲んでむせるか盛大に噴き出してしまう。ひくひくするまいと思うとよけいにひくひくする。もはやこれまでと思った時にちょうど二分になり、命拾いした。

　これで全精力を使い果たしたので、薄暗い部屋に通されて台に寝かせられた時にはもはや無抵抗だった。口に輪っかのようなものをはめられてぐいぐいと管を押し込まれ、横に立った励まし係のような人が「とにかく飲み下せ」としきりに言ってくる。白衣の技師がホースのようなものを両手に持って高く上げたり傾けたり、太極拳のような不思議な動きをすると、腹の中で何かが『エイリアン』の幼生のようにぐりぐりと動く。

　見える位置に画面があり、胃のライブ映像が映し出されていた。初めて見る胃の中は、

遺言状

遺言状

遺言状

遺言状

遺言状

遺言状

遺言状

遺言状

びっくりするほど美しいピンク色だった。すさんだ腹黒い自分に、こんなきれいな部分があるのが不思議だった。そこは何だか居心地のいい部屋のようだった。床も壁も天井も、ふかふかのピンク色のカーペットを敷きつめた小部屋。子供のころ、こんな隠れ家に憧れていたような気がする。私は小部屋にそっと寝ころんでみた。ピンク色の出っぱりが床から生えている場所があり、頭をのせるといい具合だった。何もかもがふわふわして心地よい。部屋全体がハンモックのようにかすかに揺れている。目を閉じると、いろいろな器官のたてるチョロチョロ、キュウキュウという音が遠くのせせらぎのように聞こえてくる。ずっとこのままこうしていたい。

そうして五年が経ち、十年が経った。喉の違和感も死も、もう遠い世界の出来事だった。ピンク色の出っぱりに別れを告げ、小部屋から出て歩いていくと、目の前にドアがあった。開けると医者が椅子に座っていた。パソコンの画像を見ながら、喉に異常はありません、たぶん気のせいでしょう、胃に小さなポリープがありますが良性でした、と言った。振り返ったが、もう小部屋は消えていた。

家に帰ると机の上に紙があった。十年前に私が書いた遺言状だった。折りたたんで机の奥ふかくしまい、仕事の続きにとりかかった。

Mさんち

子供のころ、夕食が終わった後に一家で〝Mさんち〟に行くのは心躍る楽しみだった。同じ社宅の同じ棟なのだから間取りも何もかも同じはずなのに、〝Mさんち〟は他のどの家とも違っていた。台所の戸棚の扉がきれいなクリーム色に塗られていた。他の家は、みなくすんだ木目だった。いつも何だかいい匂いがした。外国のお菓子や雑誌があった。社宅はどこもたいてい子供もちの世帯で、壁が落書きだらけだったり玩具が散らかっていたりしていたが、Mさんのところは大人ばかりだったせいか、いつもきれいに整頓されて布や花で飾られていた。心なしか、電灯のともり方まで明るかった。

大人たちがM家に集まる主たる目的はマージャンだった。私たちが行くと、待ちかねたように卓が出されてガラガラが始まる。マージャンのことは何もわからなかったが、見学するのは面白かった。もうもうとタバコの煙がたちこめるなか暗号のような言葉が飛び交う。みんな卓に目を据えて両手を忙しく動かしながら、首から上の反射神経だけでしゃべっているような感じで、いつもと違う様子なのが興味深かった。誰かの後ろに回りこんで「あ、お豆腐がある」などと指さして叱られたりもした。

マージャン見物に飽きると、居間に戻って本棚の本やレコードを見て遊んだ。本の表紙やレコードジャケットの中には、一度見たら忘れられないような恐ろしげなのがけっこうあった。それがムンクの『叫び』だったりキング・クリムゾンだったりハービー・ハンコックの『ヘッド・ハンターズ』だったことがわかったのは、ずっと後になってからだった。

〝Mさんち〟は私が最初に体験した大人世界だった。

大学生のお姉さん二人は、つねに何か新しいことに凝っていた。サイケデリックな油絵を描く、マニキュアを調合して新しい色を発明する、酢を大量に使うチョコレートケーキを焼く（でも出来上がると酢の味は消えている）、コップに息を吹きこむ式の〝こっくりさん〟をやる、等々。

たぶんそのせいで、M家にはよく新しい遊び道具があった。〈スライム〉を初めて見たのはMさんちだった。オセロやバックギャモンもそうだった。それともう一つ、あれだけがいまだに何というものだったのかわからないのだが、ベランダの上から投網のように投げて模様を作るというのがあった。

ある晩、マージャンも一段落してだいぶ夜も更けたころ、上のお姉さんがあらたまった

顔つきで箱を出してきた。中には白い繭玉のようなものがたくさん入っていて、それをめいめい持ってベランダに出た。四階のベランダから勢いをつけて投げると、繭玉は蜘蛛の糸のようにパアッと四方に広がる。パアッ。パアッ。つぎつぎ投げるうちに、真っ暗な社宅の中庭いっぱいに白い蜘蛛の巣が張りめぐらされた。「あ、見て見てあそこ、四国」誰かが指さした。「イギリスあった」「ほら、天の橋立」……。

それから何年かして、私はMさんたちにあの遊びは何というものだったか訊ねただろうか。訊ねて、「え、何のこと?」と真顔で訊きかえされたような気もする。それとも、そうなることを予期して、あえて訊ねずにおいただろうか。

私たちは真っ暗な中庭に、風に吹かれて揺れている白い四国やイギリスや佐渡島や白鳥や犬や、そんなものをしばらく眺めていた。下のお姉さんが「さ、じゃあそろそろ」と言って、座布団のようなものに乗り、すーいと白い地図の上を滑っていった。見ている間に、みんなもつぎつぎ座布団に乗り、手すりを越えて暗闇の中にすーい、すーいと降りていく。私は少し怖かった。やり方がわからなかった。どこからか、誰かが「早くおいで!」と呼んだ。私は意を決して座布団に乗り、手すりを越えて、暗い中庭に向けて滑りだした。

キラキラ

四谷のね、通りを入ったところに「バンビ」っていうお店があったの。今でもあるんじゃないかな。チェーン店で、ハンバーグ定食とかオムライス定食とか、何でも鉄板にのせてジュウジュウいわせて出す店。安くてボリュームがあって、そのうえけっこうおいしかったから、わたしが学生のころはしょっちゅう行っていた。お昼どきなんかはいつも満員だった。

それが、一度だけ不思議なことがあったんだよね。

午前中の授業が終わってすぐ行ったのを覚えているから、平日の昼間だったと思う。並ぶの覚悟でガラスのドアを開けたら、なぜかお客さんが一人もいなかった。空いてる、ラッキー、と一瞬思ったけど、何か変だった。カウンターの上に（狭い店で、U字型のカウンターが一つあるだけだった）、まるでつい今までお客さんがそこにいたみたいに、ずらっと鉄板が並べてあった。鉄板の上にはちゃんと料理ものっていて、フォークとナイフも置いてあった。なのにお客さんが一人もいないの。

それだけじゃない。カウンターの奥はすぐオープンの厨房になっていて、コックさんたちが料理を作るのが見えるようになっていたんだけれど、その中にも誰もいないの。昼どきなら、たいてい四、五人が忙しく立ち働いているはずなのに、誰もいない。無人の厨房の奥で、五個ぐらいあるガス台の火がぜんぶついていて、ぼうぼうすごい勢いで燃えていた。

それでわたし、なんか怖くなって出てきちゃった。そのあとも卒業するまで何度もその店には行ったけど、そんなことは後にも先にもあの一回だけだったのよね。

この話をしてくれたのはDさんという女の子だった。Dさんとはもう二十年以上前、翻訳学校で知り合った。お互いに勤め人だった。私たちの通っていた教室では毎年夏、合宿のようなことをした。勉強会をしたり海に泳ぎにいったり、そんな合間にふと二人になったときに話してくれたのだ。

彼女から聞いた話には、こんなのもあった。

わたしのお母さんね、後妻なんだ。私が小五のときに本当のお母さんが死んで、お父さんの再婚相手が今のお母さん。べつに、仲良しだよ。世間でよくあるような、継母的なことはなかった。さばさばしてて、いい人なの。ただ、ちょっと変わってるかも。うちって、

家族三人バラバラのものを食べるの。みんな、その日自分が食べたいものを勝手に作って、食卓で一緒に食べる。お母さんが育った家がそうだったからって。だからわたし、彼女の手料理って食べた記憶がない。ま、みんな料理が好きだから全然問題ないんだけれど。

もう一つお母さんには変なところがあって、なぜかお風呂に入るとき絶対に電気をつけないの。真っ暗な中でぴちゃぴちゃ水音をさせてる。どうしてだか、怖くていまだに聞けない。何となく、答えてくれないような気がするし。

何年か後になって、私はDさんのお母さんがぜんぜん後妻なんかじゃないことを知った。でも不思議と嘘をつかれたという気はしない。真っ暗な中でお風呂に入る継母も、無人の「バンビ」も、ある意味で本当のことだったと、今でも思っている。

その話を聞いたとき、私たちは海の合宿所の縁側に足を投げ出して、涼んでいた。夕暮れの斜めの光が話をしているDさんの顔に当たって、少し茶色い瞳が異様にキラキラ輝いていた。彼女はとても翻訳がうまかった。

転職の夢

昔からサザエのふたは好きだった。子供のころは拾ったりもらったりしたのを缶の中にごっそりためこんでいた。缶は〈トワイニング〉の長方形の缶で、帆船の絵がついていた。サザエのふたは、いつまで見ていても飽きない。まん丸で白くて、ホイップクリームを絞り出してそのまま固めたように渦を巻いている。そして表面全体に、何のためなのか細かなトゲトゲが生えている。

渦巻きを愛《め》で、猫の舌のような細かなトゲトゲの感触を指先でひとしきり楽しんだあとは、ひっくり返して裏面を観賞する。裏面は、表とはうってかわって平らですべすべしている。自然界に存在することが不思議に思えるほどの、完璧な平面だ。そしてそこはかとなく白とベージュのマーブル模様になっている。目を近づけてみると、極細のペンで描いたような渦巻きの線が見て取れる。きっと表の渦巻きと連動しているのにちがいない。ちょうどホイップクリームをガラスに押しつけて裏から見たような感じだ。

サザエは何のためにこんなふたを装備したのだろうか。やはりタコなどの外敵から身を守るためだろうか。ふたに生やしたトゲトゲは、せいいっぱいの防御の気持ちの表れのようにも見える。しかし、ならばこの渦巻きはいったい何のためなのか。防御のためだけだったら、べつに裏面と同じ平らでもよかった気がする。渦のほうが水流の抵抗が少ないとか、なにかそんな理由だろうか。それとも殻を作るときの勢いで、ふたもついつい渦を巻いてしまったのだろうか。あるいはこれは純粋な装飾、一種のおしゃれ心であろうか。そう考えると、この異質な材質の物体を一生懸命に分泌して作ったサザエのことがいじらしく、抱きしめたいような気持ちにさえなってくる。

「サザエのふた屋」は、その愛すべきサザエのふただけを扱う専門店だ。世界中をめぐって集めてきた、ありとあらゆる種類や大きさのサザエのふたがそろっている。場所はたとえばそう、江の島あたりの、舟でないと行けない洞窟の奥などにひっそりとあるのがいい。客は何日か、どうかすると何か月かに一人しか来ない。みな心からサザエのふたを愛好する人々だ。洞窟の入口に舟が横づけされ、カンテラの灯が揺れながらこちらに近づいてくる。すると私は読みかけの本を置き、静かに笑って立ち上がる。そうして客と私と、差し向かいで新しく入荷した品をあれこれ品評しながら、夜更けまでサザエのふた談義に花を咲かせる。

時にはふたをなくしたサザエたちもやってくる。私は無数の商品の中から彼らの穴にぴったり合うふたをみつくろってやり、必要に応じてところどころヤスリで削って完璧にフィッティングさせる。サザエはお金を払えないかわり、ワカメや小魚、イカの舟などをお礼に置いていく。それもない者は、私が身をちょうだいする。網焼きにして醬油をチュッと垂らすと、洞窟内に醬油の焦げる香ばしい香りがたちこめる。

しかし私はなぜ「サザエのふた屋」のことなんかを考えはじめたのだろうか。記憶を巻き戻してみると、そうだ、何か探し物をしていて、引き出しの隅からサザエのふたが一つ出てきたからだった。

その探し物は何だったのか、さらに巻き戻してみて、思い出した。税金の申告に必要な書類を探していたのだった。年に一度の、この嫌でたまらぬ作業のことを忘れたくて、それで「サザエのふた屋」になった自分を夢見ていたのだ。

私は机を離れて寝床にもぐりこみ、頭からふとんをかぶって、隙間をぴったり枕でふさぐ。

金づち

金づちを使うたびに、思い出す人がいる。

その人とは大学時代の飲み会で一度だけ会った。よその学部の人で、たまたま隣の席になって、少し話した。名前も忘れてしまったので、栄子さんとでもしておく。

栄子さんには、能力といえないほどの、ある能力が子供のころから備わっていた。数字が〝浮かぶ〟のだという。

たとえば、インタビューなどで誰かが何か数字を言おうとしている。その数字が、一瞬前に頭に浮かぶ。あるいは物の値段が、値札を見なくてもぱっと浮かぶ。競馬の中継を見ていて、一着の馬の番号や当たり馬券の数字が浮かぶこともある。

それすごい、だったらずいぶん得をすることもあるんじゃないの、と私が訊くと、栄子さんは悲しそうに、ぜんぜん、と言った。競馬の番号が浮かぶのは決まってゲートが開いた瞬間なので、馬券を買うことはできない。数学のテストで正解の数字がわかることもあるけれど、答えだけがいきなり浮かぶので、途中で数式を書かなければならない問題だと役に立たない。

「むしろ嫌なことのほうがずっと多いよ」栄子さんはそう言ってチューハイを一口飲んだ。

最初にこの能力、というか現象に気づいたのは小学校三年のときだった。お祖父さんが病気で入院して、家族でお見舞いに行こうという話をしていたとき、頭に四けたの数字が浮かんだ。そのときは大して気にもとめずお見舞いに行き、帰ってきたのだけれど、その後もお祖父さんのことを考えたり写真を見たりするたびにその数字が頭に浮かんだ。そうこうするうちにお祖父さんの具合はどんどん悪くなっていき、けっきょく退院することなく死んでしまった。そのとき初めて、その数字が日付だったことに気がついたのだという。

その後も、そうしょっちゅうではないけれど、同じようなことがあった。それは親しい人とは限らず、テレビで見る人のこともあったが、どっちにしろ気持ちのいいものではなかった。

ところが前の年、つまり大学二年のとき、恐ろしいことが起こった。自分の免許証の写真を何気なく見たとき、数字が浮かんだのだ。二週間後の日付だった。栄子さんはうろたえた。何かの間違いではないかと思って、いろいろにやってみたが、どうしても自分の写真のときだけ数字が浮かぶ。

23

栄子さんは観念した。今までに数字がはずれたことは一度もないのだ。絶望的な気持ちで二週間を過ごし、当日は学校も休み、家から一歩も出ずに、その時を待った。

何事も起こらないまま夜になり、ついに日付が変わるまで一時間を切った。栄子さんはベッドに横たわり、みぞおちの上で両手を組んだ。自分は死ぬんだ、たぶん心臓麻痺か何かだろうけれど、その瞬間を思うと怖くて悲しくて涙が出た。デジタル式の目覚ましの表示が変わるたびにびくりとした。あと十分。目を閉じた。あと三分。目を開けた。恐怖を通り越して、だんだんムカついてきた。どのへんからどう死がやってくるのか、いっそ見届けてやれと思った。仰向けに寝たまま、顎をひいて自分の体をじろじろ見回した。死は足のほうから来るんだろうか、それとも手先、あるいはお腹のへんだろうか。気がついたら日付が変わっていた。自分は死ななかった。

で？　と私は聞いた。その後どうなったの？　生まれ変わったような気持ちで一日一日を大切に生きるようになったとか？

「いやー、べつに」と言って栄子さんはまたチューハイを飲んだ。そんなきれいなオチはない。ただ、あのムカついた気持ちが今もずっと続いてる気がするけど。

という話を聞いたのがもう二十年くらい前なのだが、それをなぜ金づちを使うたびに思い出すのか、そこのところがどうしても思い出せない。

ザ・ベスト・ブック・オブ・マイ・ライフ

その日も私と正子ちゃんは空き地に寄り道した。

私たちは隣りあった社宅に住んでいたので、いつも一緒に帰った。空き地は学校からの帰り道にあった。小さな家一軒ぶんほどの広さだったが、垣根がそのまま残っており、それが通りからの目隠しになって、ちょっとした部屋のようだった。

あれは何という木だったのか、暗い緑色の、分厚くて異様につやつやした垣根の葉っぱを手でちぎりながら、その日私たちは本の話をしていた。

この世の中にはまだ誰も書いてないし思いついてもないような本がきっとたくさんあると思う、というのが私の意見だった。正子ちゃんは、そんなことない、どんな本だってこの世にない本はない、と反論した。正子ちゃんは三年生のときに岡山から転校してきた。後を追いかけるように、岡山の小学校から賞状が届いた。アサガオの観察日記が素晴らしかったので、県から表彰されたのだ。もしかしたら国だったかもしれない。

じゃあさ、私は気圧《けお》され気味にそう言って、あたりを見回した。足元の地面に棒切れが転がっていた。じゃあ棒切れは？　ただの棒切れを主人公にした本も、あるわけ？　正子ちゃんはすぐには答えず、無言で葉っぱをぶちっとちぎった。ひきしまった横顔が小麦色に焼けていた。小麦色に焼けた肌は、当時の理想の子供像だった。正子ちゃんは体育も音楽も5だった。

ある。正子ちゃんは言った。あたし見たもん。こないだ、経堂駅のそばの本屋さんで。

えっ、ほんと。なんていう題の本？　絵本？

ううん、大人の本。題はね、『双子の棒切れ』っていうの。

ええっ。どんな話？　読んだの？

うん、ぜんぶ立ち読みした。薄い本だったから。あのね、始まりはね、〈昔むかし、あるところに一本の棒切れがありました。その棒切れは女の子で、棒子という名前でした。〉〈棒子には双子のお兄さんがいました。棒夫という名前でした。ふたりは体のまんなかで「H」の形につながっていました。ふたりは大の仲よしで、どこに行くのも一緒でした。〉

そこで正子ちゃんはまた黙った。頭の中がいそがしく回転する音が、横顔から聞こえてきそうだった。草の上に放り投げた正子ちゃんのランドセルの上にトンボがとまった。

〈ところがある日、棒夫が死んでしまいました。〉

え、死んじゃったの？

そう、と正子ちゃんは言った。その次のページをめくったら、そこには〈死んだ〉って一行書いてあるだけだった。

で、そのまた次のページをめくったら、こんどは〈死んだ〉っていう字が何百個もびっしり、いろんな大きさで重なり合って、ページいっぱいに書いてあったの。死んだ死んだ死んだ死んだ死んだ死んだ死んだ死んだ。

私は正子ちゃんを見た。私が去年まで着ていた緑に赤のチェックのスモックを着ていた。私が正子ちゃんより勝《まさ》っているのは身長だけで、小さくなったのをあげたのだ。私は誰と話しているのか一瞬わからなくなって、頭がくらくらした。

それで「H」から「I」になってしまった棒子は、お友だちを求めて世界を旅するようになりました、おしまい。あ、だからね、ほんとの題名は『旅する棒子』っていうの。

その本、まだある？　今から見にいこうよ。

だめ、その後もういっぺん見にいったら、もうなくなってた。

学校の方角から夕方の音楽が流れてきた。葉っぱをさんざんちぎった指は緑色に染まって、青みかんのような匂いがした。

かれこれ四十年ちかくも前のことだ。思い出すたびに、あるわけないよ、そんな本、と思う。でもあるわけのないその本を、私は何度繰り返し読んだことだろう。クリームがかった、厚ぼったい紙だった。くっきりとした濃紺の活字だった。しおりの紐が、きれいな赤い色をしていた。

ちぎれた
葉っぱの
物語
山田正子

海ほたる

友人の車で海に行った。

友人の車は古いが、いちおうカーナビがついている。カーナビは感じのいい女の人の声でもって、〈三百メートル先を斜め右です〉とか〈まもなく左方向です〉などと丁寧に教えてくれる。

ところが友人は往々にしてその指示に従わない。右ですと言われているのに直進したり、何も言われていないところで勝手に曲がったりする。なぜカーナビの言うとおりにしないのかと訊ねると、「いいのいいの、このカーナビ、車を中古で買ったときについてきたやつで、すごく古いの。こっちの道は新しくできた道で、ずっと近道だから」と言う。

指示に従ってもらえないと、カーナビはしばらく黙って、それから気を取り直したようにカチャカチャと何か計算しなおして、また〈およそ三キロ先、右方向です〉などと新しいルートを提案してくる。なのに友人は、その提案もまた無視したりする。

私はなんだか気が気でない。一生懸命やってくれているのに無視ばかりされて、気を悪くしていやしないだろうか。心なしか、再指示をするときの声がほんの少し傷ついたような感じに聞こえる。そう言ったが、友人は「そんなことあるわけないでしょ、機械なんだから」と笑って取り合わない。

そのうちに車はアクアラインに入った。東京湾を突っ切って、川崎から千葉の木更津のあたりまで一直線に行ける海底トンネルだ。この道もわりあい新しい。

トンネルに入ってすぐ、カーナビが〈海です〉と言った。友人がギャハハと笑った。

「そうねえ、たしかに海だわ」

カーナビはなおも〈海です〉〈海です〉〈海です〉と言いつづけた。私はまたはらはらする。きっと海にダイブしたと思って心配しているのだ。気のせいか声も緊迫している。

やがてカーナビは何も言わなくなった。諦めたのだろうか。もう話しかけるべき生者が車内にいないと判断したのだろうか。

私たちは途中の「海ほたる」で休憩した。ここの売店は瓶入りの塩辛の種類が豊富なことで有名で、それも今回の主たる目的の一つなのだ。塩辛を無事に買い、コーヒー片手にデッキから海を眺めながら、考えるともなく考えた。もっと大昔製のナビ、たとえば江戸時代のナビとかがあったらどうだろう。〈三里先、関所です〉とか〈この先の首塚を右方向です〉とか言うだろうか。それで私たちは、ああ昔はここに首塚があったんだな、とか、ここは埋め立てられたんだな、とか知ることができる。〝です〟ではなく〝ござる〟かもしれない。

目的の海には午すぎに着いた。この時期はまだ海もすいている。浜に椅子を出して、買ってきたおにぎりを食べたり、貝を拾ったり、人の犬を撫でたりして、夕方まで過ごした。帰りはアクアラインでなく東京湾をぐるっと陸沿いに行くことにした。往復の通行料はけっこうな額になるし、湾岸道路沿いの工場群が、夜になるとなかなかの眺めだからだ。それにこっちの道ならカーナビを心配させることもないし——と私は内心思った。

自分たちが道に迷ったことに気づいたのは、あたりがすっかり暮れてからだ。いつの間にか湾岸道路から遠く離れ、どこともつかない、倉庫のような建物がまばらに並ぶ、がらんとしたところを走っている。

ふいにカーナビが〈海です〉と言った。画面を見ると、車を示す赤い三角は、一面の水色の中を進んでいる。

「ああそうか、ここは江戸時代には海だったんだねえ」そう言って笑った友人の口からぽかりと水の泡が上がった。窓の外は薄ぼんやりと暗い。後部座席から、小さなウナギがチロチロ這いだす。

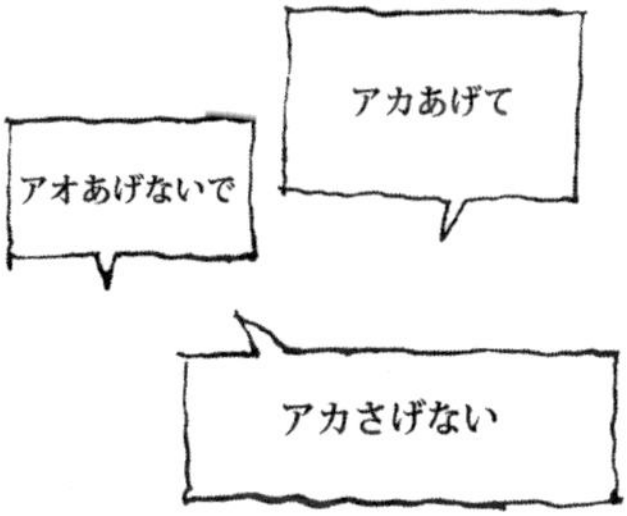
アカあげて
アオあげないで
アカさげない

〈海です〉

〈海です〉

〈海です〉

カーナビは自信にあふれた声で、いつまでも言いつづけた。

M高原の馬

ものすごく大きな馬を見たことがある。

あれは会社員時代、長野のM高原でだった。M高原では毎年夏に、私の勤める会社が主催する野外ジャズ・フェスティバルが開かれており、社員は手伝いに駆りだされた。手伝いといいながら、大してすることはない。首からスタッフ証を下げて、ビールを飲みながら、広い野原のあちこちに設置されたステージや屋台をふらふら見物していたら、みやげ物売場のテントの裏に牧場のように柵でかこった一角があり、その中に馬はひっそりと立っていた。

馬は、会社と提携しているアメリカのビール会社から贈られたものだった。そのビール会社では、かつてビールの入った樽を大きな馬車に積み、それを特別に力の強い大型の馬に牽《ひ》かせていた。それで今でもその馬を社のシンボルのように大事にしており、友好のしるしに日本に一頭が贈呈された――というようなことが、柵の脇に立てられた説明書きには書いてあった。

　私はあらためて馬を見た。白と茶のだんだら模様で、たてがみは黒く長い。サラブレッドとはちがって胴も脚も丸く太く、どっしりとしている。そしてとにかく大きい。ふつうの馬の一・五倍ほどありそうだ。ひづめなんか、直径が三十センチぐらいある。はしごをかけないと乗れそうにない。

　私は呆気にとられて長いこと馬を見ていた。大切な贈り物のわりには、展示のしかたは消極的だった。みやげ物のテントはにぎわっていたが、裏のこの場所に気づく人はほとんどないらしく、私の他に馬を見ている人はいなかった。もしかしたら、会社もこんな大きな生き物をもらってしまって困っているのかもしれなかった。

　馬はそんなことにはお構いなしに、暇そうにときどきしっぽを振ったり、首を下げて足元の草を食べたりしていた。でも何をやっても大きい。夏の高原ののどかな景色の中で、そこだけ縮尺が狂ったような感じがした。

　というような話を、私は会社を辞めてから折りにふれていろいろな人にした。話しても、みんな「へえ」と言うばかりで関心を示さなかった。そもそも私の話を誰も真に受けない。前にカバディというスポーツの話をしたときだって、誰もその実在を信じなかった。カバディは手つなぎ鬼みたいに二手に分かれて、「カバディカバディカバディカバディ」と言

いながら敵にタッチするスポーツだ。息の続いているあいだ攻撃ができる。

誰も信じてくれないのをいいことに、私は馬をだんだん大きくしていった。ちょっとしたバーで話しているときは「あっちの壁からこっちの壁ぐらいまであった」と言った。バスを指さして、「ちょうどあれくらいだった」と言った。大きな劇場の舞台を指して「あそこにのるかどうか」と言った。

あれから何十年も経って、さいきんではもう馬の話を人にすることもなくなった。だがその間にも馬はどんどん大きくなって、今はもうビルぐらいの大きさがある。私はときどき馬の背に長いはしごをかけ、扉をあけて馬の体の中に入っていく。馬の中はいくつものフロアに分かれていて、エスカレーターで行き来する。どの階もぬくぬくとあたたかく、干し草の匂いがする。どこからともなく日がさして、ほの明るい。床は緑の牧草で覆われている。私はその中をそぞろ歩き、ときどきごろんと寝ころがる。見上げる空だか天井だかに、いろいろなものが映画のように映し出される。その中には馬車を牽いているあの馬の姿や、高原のジャズ・フェスティバルもある。馬の思い出が、走馬灯のように回っているのだ。もうこの馬はこの世にいないのかもしれないと思うと、少し悲しくなる。それからうとうとする。これだけ広ければカバディだってできそうだ、と考えながら。

符丁

「すけんや」という言葉の存在を知ったのは大学生の時だった。

当時アルバイトをしていたデパートで、それは「トイレ」の符丁として使われていた。「ちょっとすけんや行ってきます」「はーい」といった具合に。客に「トイレ」という言葉を聞かれないための配慮だということはわかったが、わからないのはなぜ「すけんや」なのかということだ。

社員の人に質問しても、「さあ……」と煮え切らない返事だった。入ったときから「すけんや」は存在していて、誰も語源など気にしていないらしかった。そう言われるとますます気になる。字はどう書くのか。修験屋。巣圏家。酢剣矢。それともアナグラムか。やんけす。けやすん。んすけや。わからない。わからないまま短いバイト期間は終わり、大学も卒業してしまった。

このあいだ、ピクニックに出かけた。

東京湾の埋立地に作られたWというキャンプ場で、芝生がきれいで空《す》いていて天気もよかった。キャンプ場の端に、縮尺がまちがっているのではないかと思うような発電用の巨大な風車が一つ立っていて、それがキャンプ場に着くはるか手前からでもバスの中から見えた。「うわー使徒みたい」と誰かが言った。

風車のふもとにシートを広げ、ビールやお弁当も広げた。海の方角から風が吹いて気持ちがいい。白い巨大な風車がふおん、ふおんとかすかな音をたてて回っていた。芝生の上を犬が走りまわったり、フリスビーが飛び交ったりしている。私たちもワインを飲みながらバドミントンをしたりトランプをしたりした。

「すけんや」の話になったのは、いいかげん全員がほろ酔いになってきたころ、一人が「九番行ってきまーす」と言ってトイレに立ったからだ。彼女の勤めている大きな店ではトイレのことを「九番」という符丁で呼んでいるらしい。「すけんや」は知っているか、と訊いたが、知らないと言われた。じゃあなぜ九番というのかと訊くと、一番から順にそれぞれ意味が決まっているのだという。よく使うのは八番の休憩、九番のトイレ。十番が万引き、十一番は不審者。それが起こると店内放送で「〇階で十一番です」などと警戒を呼びかける。「十二から先は?」と訊くと、わからない、あるのかもしれないけれど聞いたことがない、という返事だった。

9番
すけんや
なかむら
遠方
紫
録音

話はいつの間にか別のことに移って、私たちはさらにいい具合に酔っぱらい、寝ころがって日なたぼっこをした。頭の上で使徒みたいな風車がふおん、ふおんと回りつづけていた。

けれども私の頭は、隅っこのほうで「九番」のことをずっと考えていた。十二番から先は本当にないのだろうか、あるとしたらそれは客に聞かせられないどんな符丁だろう。八番から十一番の流れから察するに、あとの番号になるほど緊急の度合いが高まっているようだ。十二番はさしずめ「暴力沙汰が発生しました」ぐらいだろうか。十三番は「その暴漢が逃走中です」。十四「暴漢が人質をとって立てこもりました」十五「完全に包囲されています」。その後十九番ぐらいまでで郷里から母親が呼ばれ説得を試みるも失敗、けっきょく警官隊の突入によって人質は救出、犯人が壮絶な最期をとげる。

二十番台あたりは店内の火災が来そうな気がする。三十番は洪水。四十番で大地震。五十番。「東京のいたるところで、巨大な風車が一斉に空に飛びたちました」。

六十番。「空から何かがたくさん降ってきます」。

七十番。「首都が壊滅状態になりました」。

百番。人類はもう一人も残っていません。いいお天気です。風が吹いています。誰もいないキャンプ場で、大きな風車がふおん、ふおんと回っています。

雨季

毎日雨が降る。

梅雨が明けたはずなのに、明けていないみたいに降る。

ニュースでは毎日天気のことが話題になる。天気予報の時間が日に日に長くなっていく。今日もどこかで集中的な豪雨が続いている。降りはじめてからの総雨量、というのが日本列島の上に生えた立体的な柱となって表示される。

九州の北のほうの柱が、そこだけ図抜けて高い。赤や黄色の柱が、みっしりと集中して立っている。長いのになると、画面を突き破ってテレビの上にまではみ出している。柱の重みで薄っぺらな日本が沈みそうだ。

ボンナイフでもって、そうっとそうっと、その赤い柱の上のほうを少し切り取る。寒天のようにふるふる震えるそれを、ためしに東北の山脈の上に置いてみる。どこか遠くの山の奥で、「バケツをひっくり返したような」雨が人知れず降る。鳥や獣が鳴きさわぐ。猿やイノシシが逃げまどう。

黄色い柱を切り取って、口に入れてみる。ほの甘いような、かすかに苦いような味がする。雨の味は意外と柑橘系らしい。

本当のことを言えば、私は雨がとても好き。

雨が降りはじめると、すぐにパソコンのところに走っていって「東京アメッシュ」を見る。

地図上に降る雨の分布を、五分刻みで教えてくれるサイトだ。雨の量に応じて、水色や青や黄やオレンジや赤の色が刻々と動いていく。

自分の住んでいるあたりに黄色やオレンジが近づいてくると、わくわくする。「カモーン！」などと言ってみたりする。

色の帯が手前で力尽きたり、あらぬ方向に逸れたりすると、「ちっ」と舌打ちをしたりする。画面上で近づいてきて、しばらくして本当に窓の外で雨足が強まると、ガッツポーズをする。画面と現実の雨とを交互に指さし、したり顔にうなずいてみせる。

天気図で、南の海上にぽつんと生まれた低気圧が、だんだんと発達しながら日本に近づいてくる。

成長するにつれ真ん中の字が〈低〉から〈熱低〉、さらに〈台〉と出世し、線の数もし

カモーン!

だいに増して、びっしりと密な同心円になる。

その同心円を上から眺め、バームクーヘンの年輪を指でなぞってみる。

指でつんつんとつつくと水紋のようにゆらゆらと揺れ、それといっしょに風に吹かれる運動会のペナントのように、前線がたなびく。

いい具合に発達し、年輪が最高に密になった頃合いをみはからって、横からそっと手のひらを入れ、金魚すくいの要領で、崩さないようにゆっくりゆっくり持ち上げる。

それを二の腕の上にそうっと置く。素敵なタトゥー。

低気圧はしばらくとまどったように揺れているが、やがてひとところに落ちついて、渦を巻きはじめる。

ときどき二の腕に耳を近づけてみる。

かすかにゴロゴロという雷鳴、それから激しい雨の音がする。

この下でいま護岸に叩きつけられている波浪や、風に荒れ狂っている木々のことを考えながら、二の腕に耳をつけたまま少しうとうとする。

万物の律儀さ

年末、部屋の片づけをした。

部屋の片づけは年に一度しかしないので、けっこうな重労働だ。

紙を捨て、雑誌を捨て、書けなくなったボールペンや溶けてくっついた消しゴムを捨てた。

それから押し入れに取りかかった。

押し入れのまるまる一段は、読みおわった漫画本の収納にあてられている。

縦横に積み重なった漫画が危なっかしくバランスをとっている、そのトーテムポールのいちばん上に、何か月も前からずっと探していた本がのっていた。

その本を私は誰かに見せようと思って本棚の奥から出してきて、目につく場所に置いておいたのに、いつの間にか見当たらなくなっていた。

ちなみにその本は『ポルの王子さま』という『星の王子さま』のパロディ版なのだが、

今はその話ではない。

思いつくかぎりの場所はすべて探したが、漫画の棚までは思いつかなかった。

これだけ探して出てこないのだから、なくなってしまったのだとばかり思っていた。

それを押し入れで見つけたとき、そうだよなあ、と私は思った。

押し入れにあったのだから、他の場所をどんなに探しても見つからないのは当然だ。

当然だと頭ではわかるのだが、なぜかそのことに釈然としない自分がいる。

ある物が、ある場所にあるときは別の場所にはない。

当たり前だ。そんな当たり前のことが、どうしてか私にはかすかに納得がいかない。

固いことといわずに二つの場所に同時に存在してくれたっていいじゃないかとか、そういうのとはちょっと違う気がする。

強く欲すれば念の力で現出するとか、そういうこととも違う。

あるいは、ニュースで人が殺されていたりする。

会社に何日も来ないので不審に思って見にいくと、その人が家の中で死んでいるのが見つかる。

そうだよなあ、とやはり私は思う。

死んでいるのだから、会社に来ることは当然できない。

STATES
SANDWICH IS.

当然だと頭ではわかるのだけれど、やっぱり何となく不思議な気持ちになる。

これだって、死んでも魂だけは云々とか、そういうことではない。

あるものが、ある場所にあったら別の場所にはない。

死んでいるのだから、あるいは動けなくなっているのだから、現れるべき場所に現れない。

そんな誰が決めたわけでもないルールに、万物が一つの例外もなく律儀に従っていることの不思議。

その律儀さに、自分一人が置いてけぼりをくらうのではないかという不安と焦り。

すこし近くなったような気もする。

この感じを最初に意識したのはいつだろう。

むかし飼っていた猫が大晦日に死んで、もう帰ってこなくなったときだろうか。

もっと前のような気もするが、思い出せない。

ちなみに、ヤクルトの池山似のその猫のことを私はとても好きだったが、今はその話ではない。

行けない場所

「ば山」は〈ばやま〉と読む。

標高五メートル。プリンが少し斜めにかしいだような、かすかにいびつな台形をしている。黄色っぽくてふさふさした獣の毛のような草に全体を覆われていて、正面に小さなドアが一つついている。それが「ば山」。

最近、気がつくといつも心のどこかで「ば山」のことを考えている。その気持ちはほとんど郷愁に近い。何とかしてもう一度行ってみたいものだと思っているが、一向にかなわない。

「ば山」を見たのは一度だけ。

何年か前の冬の明け方、夢から醒める一瞬手前の意識の中に、眠りの疣《いぼ》のように現れた。ほんの一瞬だったにもかかわらず、その一瞬ですべてを知った。「ば山」の形も、どこからか射していた薄曇りの西日も、茫漠とした周囲の風景も、標高も、それが「ば山」という名前であることも。

毎晩、眠る前に、今日こそは行けますように、と念じて目を閉じるのだが、行けたためしはない。

行けないので、逆にしょっちゅう行ってしまう。

仕事の途中、皿を洗いながら、電車の中で、道を歩きながら、どこにいても何をやっていても、気がつくと「ば山」に行ってしまっている。

さくさくと枯れ草を踏んで近づいていく。

近くで見る「ば山」は、思っていたのよりもさらに小さく見える。ふさふさの草をそっと撫でてみる。犬の背に触れているようだ。心なしかほんのり熱さえもっている。地熱だろうか。山腹にばふっと体を預けてみる。干し草と西日の匂いがする。

山裾をぐるりと一周してから、正面のドアを開ける。背をかがめて入っていくと、中は真の暗闇だ。振り返ると、入ってきたはずの扉はもう見えない。両手を前に伸ばして歩きだす。何にも触れない。中は外よりもずっと広いらしい。暗闇に目をこらしていると、蛍光ピンクや緑のアメーバ状の模様が伸び縮みを始めて、だんだん自分が目を開いているのか閉じているのかわからなくなってくる。

内部の空気は生温かく湿っている。なんだか獣くさいような気もする。前に突き出した腕がうっすら汗ばんで、とろとろに溶けて、ついにはぽとりと落ちる。気がつくと私は手も足も失って、暗闇の中に浮かぶアメーバ模様の一つになり、どこか遠いところから聞こえてくる鼓動を聞きながら、いつか外界に生まれ出る日をうつらうつら待っている。

もう一つよく行く場所は、どこかの山奥の温泉宿だ。子供の頃から夢の中で何度も行った。築五百年を超える古い建物だと、気配だけの和服の女将《おかみ》が言っていた。とてつもなく広く入り組んでいて、それが広い河の流れを橋のようにまたいで建っている。大座敷の窓から眺めると、目の下にすさまじい濁流が渦巻いている。時おり二メートルぐらいある鯉やザリガニが飛び跳ねる。見ていると、宿はいつの間にか船に変わって、大広間の窓を切っ先に、ざんぶざんぶと波を蹴立てて河をさかのぼっていく。

この宿にはもう一つ秘密があって、じつは逃亡した日本兵がどこかに潜んでいるらしいのだ。

温泉宿に行くたびに、私は襖や引き戸を思いつくままに開けてみる。奥へ奥へと部屋をたどっても、宿はどこまでも無限に続いている。私は自分でも何を探しているのかわからない。日本兵に会いたいようでもあり、日本兵から逃げているようでもある。日本兵は生き別れの父か兄か息子か夫であるかもしれず、前世で私を殺した誰かなのかもしれない。いつか出会ってしまうのが怖いのに、襖を開ける手を止められない。

もしかしたら、ある襖を開けたらそこは真の暗闇かもしれない。その暗闇は「ば山」に通じているかもしれない。

おめでとう

おうおう、遠いところをよう来たな。はいおめでとうさん。ちょっと見ないうちに二人とも大きくなったのう。ちゃんと学校の宿題はしてるか。そうかそうか。じゃあご褒美にお年玉をあげような。

うん。これ何って、お前さんたち鏡餅を知らんのか。なんと。最近じゃもう、正月の飾りなんぞという古臭いことは、どこの家もしないのかのう。これはその昔、〈神様〉と呼ばれるものが空から乗ってやってきた、その乗り物をかたどったものだ。上に橙《だいだい》が乗っておるだろう。昔の人々には宇宙船の発する光線がそのように見えたのであろうな。下についているこの紅白のびらびらは、母艦から降ろされた梯子《はしご》を表しておる。どうだ、そういう目で見ると、いかにもそれらしく見えてくるだろう。鏡餅を今でも一機、二機と数えるのはその名残じゃよ。

ならお前さんたちは、むろん獅子舞も見たことがないのであろうなあ。あれは愉快なもんだった。こう、二人組で布をかぶって、恐ろしげな顔をした面をつけてな、にぎやかなお囃子に合わせて踊り狂う。獅子というのはライオンのことだ。なに、ライオンも知らない。まあ実はわしも見たことはない。何でも人を食う恐ろしい獣だそうだ。あとで図鑑で調べるといい。

そのような愉快でにぎやかな獅子舞だが、実はあれは昔の人々が〈神様〉の姿を初めて見たときの恐怖を表現したものなのだ。な、あの鏡餅の前面にはりついている赤い甲殻類。あれは〈神様〉の幼生をかたどったものだ。宇宙船から出てきた〈神様〉は、最初あのような姿で地上に散らばり、人々が寝ている隙に口から体内に入りこみ、大きくなったら腹を食い破って外に出てくるのだ。それから何度も脱皮を繰り返し、最終的には身の丈十メートルほどの恐ろしげな姿になった。幼生に寄生された者はひとたまりもないし、成体になった〈神様〉は人を捕らえて食ったので、人間の数はみるみるうちに減ってしまったのだよ。

だが人間だって手をこまねいておったわけではないぞ。この家の門の両側に、変わった形の飾りが置いてあっただろう。あれは門松と言ってな、人類が〈神様〉に対抗して開発したサイクロン砲を模したものだ。この砲から発せられる特殊な波動を〈神様〉に浴びせると、へなへなと溶けて消えてしまうのだ。門松の「かど」は「波動」がなまったものだと言われておる。

だがそれで勝ったと思ったら大間違いだった。〈神様〉は、今度は細菌戦をしかけてきたのだ。これに感染すると、最初風邪の症状のように見えるが、あっと言う間に重篤になり命を落としてしまう。しかもそれが何種類もあるのだ。このお重の中のお節《せち》。不思議な食べ物ばかりだと思わんか。田作り、イクラ、黒豆、数の子、煮しめに伊達巻き。みんな電子顕微鏡で見た細菌の形に似せてある。それを食べることで免疫をつけたいという、まあ一種のまじないのようなものだったのであろうな。

人類は大急ぎでワクチンを作ったが、もう間に合わなんだ。何しろ種類が多すぎたし、すさまじく感染力が強くてな。運良く生き残ったのはほんのひと握りだった。さっきお年玉をあげたろう。あれにはワクチンをあげて無事を祈るという意味があるのだ。おめでとう、と言うのは、本来は「まだお互い命があっておめでとう」という意味だ。

なに。どうした。怖いか。よしよし泣くな泣くな。ははは、大丈夫だ。ずっとずっと昔、わしの祖父《じい》さんの祖父さんのそのまた祖父さんの時代の話だ。お正月はニッポンという国の風習で、地球というところにあったのだそうだよ。どっちもうない。わしもどんなところかは知らん。ただこうして言い伝えだけが残っておる。

だから安心しろ。怖くなったらおまじないを唱えればいい。さあみんないっしょに、おめでとう。おめでとう。

耳

子供のころ耳かきが趣味だった私は、耳の中の地理に精通していて、毎日のように耳かきの先で耳の中を歩いていた。お気に入りのコースは、まず一番上の縁の内側にある三日月形の部分。ここを何往復かして、カーブを愛でる。それからその下に位置する小さな涙形のため池。池の先がいったん狭まって、さらに下にある横長の窪地とつながっている、その境目の暗渠《あんきょ》の部分は収穫物が多いのでお気に入りのスポットだった。

お気に入りといえば、顔に近い側の縁にポコっと飛び出た、珠《たま》みたいな部分。私はあそこのファンだった。耳かきに従事していないときでも無意識のうちに指で撫でさすっては、珠っぽさを楽しんでいた。

よく高齢の人で、耳の珠の部分に毛がみっしり生えているのを見かけるが、あれがとても気になる。なぜあの部分にだけ生えるのだろう。人生の何かが凝縮されて、あの部分から噴出しているのだろうか。電車の中で、そういうのがちょうど目の前に来たりすると、もう目が離せなくなる。毛抜きで一本一本抜いて白紙の上にきれいに並べたい欲求を抑えきれなくなる。あるいは剃刀で珠ごとスーッと切り取って、シャーレの上で水栽培したくなる。

耳は変だ。

まず形が変だ。頭の両脇から何かの把手のようににゅっと突き出している。他にこんな形の耳をした動物はいない。猿がいるが、猿の耳も変だ。もし犬や猫やウサギやパンダに人間の耳がついていたらどうだろう。壊滅的にかわいくなくなる。だが逆に人間に動物の耳をつけると、むしろかわいくなる。人間の耳の一人負けだ。

あの内部のぐにゃぐにゃだって、何のためにあるのかがよくわからない。折りたたみやすいようにとかゴミが入りにくいようにとかだろうか。それとも装飾のつもりだろうか。つるっとしていてつまらないのでちょっとギャザーを寄せてみました、的なことだろうか。

材質も変だ。ゴムっぽいようなプラスチックっぽいような、硬いような柔らかいような素材。体のどこにも、そんな材質の部位は他にない。

そして耳は不遇だ。重要な役割を担う器官であるにもかかわらず、頭部の構成要素の中で最も顧みられることが少ない。誰も目や鼻や口の形を気にするようには、耳の形や大きさを気にしない。付き合いも、もっぱら耳かきを介しての手さぐりの関係でしかない。

耳をもっとフィーチャーする方法を考えてみる。たとえば顔の両脇に一対ではなく二対、三対と生やしてみる。目と位置を入れかえてみる。あるいは手首の内側とかにあったら、目立つうえに便利そうだ。

耳は日用品としてもいいかもしれない。いちばん上の縁にチェーンを通してキーホルダー。ひもを通して眼帯。ボクシングのマウスピース。椅子の足の下にクッションがわりに。平たくのしてコースター。料理にも活躍しそうだ。千切りにして三杯酢で和える。コリコリしたその歯ごたえ。チャッといためてチャンプルー。姿煮にして大鉢に盛る。干して携帯食に。

耳の中に住んだら楽しかろうと思う。肘をついたり寝そべったり物をしまうのにちょうどいい手すりや曲線や窪みがいっぱいある。かくれんぼもしやすい。眠くなったら、穴の奥にもぐりこむ。

耳が舟でもいいなと思う。耳の中いっぱいにのうのうと寝そべり、柔らかなゼラチンと軟骨の襞にすっぽり包まれて、水の上を漂っていく。産毛が顔に当たって眠気を誘う。退屈したら、穴の奥から三半規管の巻き貝を出してきて吹く。どんな音がするかはわからないけれど、それはきっと耳に心地よい。

やぼう

前々から思っていたのだが、ひらがなの「め」と「ぬ」はよく似ている。ちょっと似すぎではないかと思う。似ても似つかない発音をする二つの文字が、こんな瑣末な末端の部分のみの差異で大丈夫なのかと心配になる。

そのことについて、当の「め」および「ぬ」はどのように感じているのだろう。もしかして「め」は「ぬ」のことを、自分を土台にして先っぽにちょろりと飾りをつけただけの紛《まが》い物、言うなれば自分の亜種である、などと苦々しく思っているだろうか。そして「ぬ」は「ぬ」で自分こそは完成形、末尾の優雅な丸まりのない「め」のごときは憐れな欠陥品よ、と蔑んでいるだろうか。両者は口もきかぬほどの犬猿の仲で、たまに、たとえば〈ぬめり〉などという言葉で一緒に仕事をしなければならぬ時などはお互い目も合わせず、険悪な空気が〈ぬめり〉じゅうに満ち満ち、板挟みになった「り」がひとり対応に苦慮していたりするだろうか。

同じような反目の構図は「ろ」と「る」、「し」と「も」、「は」と「ほ」、「わ」と「ね」の間にも生じているかもしれない。傍から見れば同じ種族に属するものどうし仲良くやればいいと思うのだが、同族内の対立は、それが近親憎悪に根ざしたものであるだけに、逆にこじれやすいのもまた事実だ。

種族は他にもいろいろとある。「か」と「や」。「に」と「た」。「と」と「を」。「さ」と「き」と「ち」。これらの字たちがことごとく仲が悪いかといえばそうとも限らず、たとえば「こ」「い」「り」「う」らの〝チョンチョン族〟は互いに干渉せず、淡水のごとき交わりを旨としているし、「く」「つ」「の」「へ」等々の〝一筆書き族〟は同族意識が強く、しょっちゅう会合を開いては結束を固めている。一般に画数の少ない字のほうが性格が練れていて、つまらない意地やプライドに執着しない傾向にあると言われる。

いっぽうで、どこの種族にも属さない一匹狼もけっこういる。「ま」は本来「は」や「ほ」の仲間だが、「は」と「ほ」の鍔迫り合いに巻きこまれることを嫌って両者と距離をおいている。「あ」も「お」や「め」と同族ではないかと言われているのだが本人は頑《かたくな》にこれを否定、一説には「自分は何といっても五十音の先頭、一緒にしないでもらいたい」という選民意識があるのではないかと噂されていて、評判はあまりよくない。「す」「せ」「み」などは生来のボヘミアンで、ただもう好き勝手にやっている。

そして五十音図内にひしめくそうした和音や不協和音を一歩離れたところから静観しているのが「ん」である。「ん」はいかなる派閥争いにも与《くみ》せず、〝一筆書き族〟からの誘いも「遠いから」と断りつづけ、最後尾で世捨て人のごとき暮らしを営んでいる。その孤高の姿に憧れる者も少くない。だが「ん」にまったく娑婆っ気がないわけではない。いや、むしろ「ん」こそは五十音界制覇の野心を誰よりも熱く胸に秘めている者なのである。

かつて彼には宿敵「ゑ」がいた。隣の「わ」行でひときわ異彩を放っていたうえ、形状的にも「ん」に似たところがある「ゑ」は目ざわりな存在だった。おまけによく見ると「る」が自分を踏みつけているようにも見え、それが「ん」の自尊心をいたく傷つけた。だがその憎い「ゑ」もいまは亡い。くだらない小競り合いや馴れ合いに明け暮れる他の字どももとより敵ではない。意外と気にするのは「み」あたりだが、これもまあ最終音という自分の切札をもってすれば恐れるに値しない。何といってもこれは、しりとりを一瞬にして終わらせるほどの特別の魔力なのだ。

「ん」の最終野望、それはあの王様気取りの「あ」を出し抜いて、いつか自分が五十音の先頭に立つことだ。その日を夢見て、彼は最後尾で虎視眈々と機会をうかがっている。

あ
こ い り う
め ぬ
の
ゑ
くつ
へ
ん

会う

ときどきものすごく基本的な言葉がわからなくなる。

たとえば「会う」。

「いちど会ってお話ししましょう」などと言ったりする。

で、喫茶店なんかで待ち合わせて会ったりする。

その際に、もしあんまり話が弾まなかったら。

極端な話、一言も会話を交わさなかった場合。それでもやっぱりそれは「会う」なんだろうか。

いや、もちろん「会った」んだろう、だって同じ場所に行って同じ空気を吸ってたぶん同じテーブルに座って顔を見たんだから、と当然あなたは言うだろう。

でも、それだったらその場にいた他の人たちとの違いは何なのか。

たとえば、そのテーブルの隣に座ってあなたとときどき目が合っていた見知らぬ人、その人ともあなたは「会った」ことにならないのか。

その人とだって同じ場所に行って同じ空気を吸って互いに顔を見たんだから、あなたが「会った」人と同程度には「会って」いることになる。

違いがあるとすれば同じテーブル、ということぐらいだが、でもたとえば相席だった場合どうなるのか。

あるいはテーブルに注文を取りにきた店の人。その人とはすくなくとも何らかの会話を交わしているわけだから、あなたが「会った」相手の人よりも交流が深い。

いやいやもちろんそうですよ、私はいわばみんなと「会って」もいたわけです、そうあなたは言うだろう。

そうかなるほど、と私も説得されかかったりする。

でも何か釈然としない。自分はいったい何が釈然としないのだろう。

わからなくなってきたので、辞書を引いてみる。
①ある場所で顔を合わせ、互いに相手を見てそれと認識する。約束して対面する。②偶然に出会う。出くわす。遭遇する。
これでいくと、あなたが「会いましょう」と言って「会った」相手は約束したわけだから①で、隣のテーブルもしくは相席の人および店の人は②ということになる。

その二つを混同しているからいけないのだろうか。

いや違うな。

「会う」という単語と、それにともなう現実の行為とが自分の中でうまくつながらない感じ、だろうか。

「会う」というのは変なことだと思っている節もある。

「会わない」ほうが「会って」いる、ということだってあるんじゃないかと心のどこかで思っていたりもする。

「書く」もときどきわからなくなる。

「このたび本を書きました」などと誰かが言っているのを聞くと、頭のどこかがむずむずする。

「書く」という言葉からは筆記用具を手に持って紙に何か書きつけるイメージが浮かぶが、たいていの人がいまやキーボードであるからだろうか。

それだけじゃない気がする。

わからなくなってきたのでまた辞書をひきかけるがやめる。

いま日本で、こんな夜更けに、「会う」とか「書く」とかいう単語の意味が真剣にわからなくて国語辞書をひいている日本人は自分一人ではないかと思うと恐ろしくなる。

考えれば考えるほどわからなくなる。

そのうちに「わからない」ということがわからなくなる。

わかるって何なのかがわからない、ということについて書いている。あなたに会わずに。

あなたに会っているような気がしながら。

選ばれし者

何年か前の暮れ、私は新宿のとある書店の一角に座り、鬱屈した気持ちでトークショーを聴いていた。誰の、どんなトークだったのかは忘れてしまった。なぜ鬱屈していたのかも、もう思い出せない。

壇上の話を聴きながら、何気なくうつむいて自分の手のひらを見た。手は膝の上に、手のひらを天井に向けて重ねられていた。上になっているほう、つまり右の手のひらの上に、髪の毛が一本落ちていた。自分のものとも思えないほど太くて黒々とした、長さ四センチほどのまっすぐな毛。つまんで捨てようとしたが、捨てられなかった。落ちているのではない。生えていたのだ。

反射的に右手をきつく握りしめ、こっそり周囲をうかがった。みな一様にほほえみを浮かべて前を向き、熱心に壇上の話に聞き入っている。誰にも気づかれた様子はない。

もう一度そろそろと手を開いてみた。やっぱりある。太くて黒々とした、全長四センチほどの毛。毛は薬指の、第一関節の真ん中あたりから出て、手のひらに添うように、下向きに寝て生えている。まさかそんなはずがあるわけがない、きっとさっきのは感覚のいたずらだ。そう思いなおし、もう一度、ちょっと強めに引っぱってみた。

生えていた。付け根の皮膚が毛に引っぱられて盛り上がり、引っぱられている感覚がありありと伝わってきた。

急に動悸がした。頭の中で自分の声がぐるぐる回っていた。やばいやばいやばいやばい。だって、こんなことってあるだろうか。手の甲側ならまだしも、手のひらの側の、つるつるした、毛穴なんて一つもないはずの皮膚だ。しかもこの毛質。とても自分の体内から出たとは思えない、ポリネシアあたりの剛健な成人男子の頭皮が産出しそうな、荒々しいほど太くて真っ黒な毛だ。私の人体はいったいどうなってしまったのか。

抜いてしまおう。そう思って左手で毛をつまみ、力をこめて引っぱろうとした瞬間、頭の中でふと別の声がした。これはもしや聖なる毛なのではあるまいか。リサの腹毛のような。

高校のころ、体育の着替えの時間のイベントは、リサの腹毛を見せてもらうことだった。それはみぞおちの中央からひょろひょろと一本だけ伸びた、二十センチほどの細い毛だった。クラス全員がそれを何とはなしに大切に思い、試合の前などには特別に触らせてもらったりした。腹毛は陽を受けて金色に輝き、体操着の前を誇らしげにめくり上げているリ

サも輝いていた。

そうだ。仏様の額のあれだって、中には長い長い毛が圧縮されて入っているのではなかったか。この指の剛毛は、もしかしたら超弩級に神聖な毛なのかもしれない。

守らねば。私は決意をこめ、あらためて手を握りしめた。トークショーが終わっても、ひとり拍手をしなかった。その後加わった打ち上げでも右手はなるべく使わず、ときどきテーブルの下でこっそり手を開いて確かめた。あるある。ふふふ。私が一生お守りしますからね。

選ばれし者の恍惚が胸を満たした。どんどん楽しくなって、どんどん飲んだ。杯を重ねるにつれ指の毛は金色に輝きだし、やがて上に向かってぐんぐん伸びていき、私は体ごとふわりと引っぱりあげられて、天に向かって上昇しはじめた。

気がつくと見知らぬ駅のベンチにいた。頭がぐらんぐらんして、気持ちが悪かった。右手を開くと、毛はもうなかった。いくら目をこらして見ても、それが生えていた痕跡すら見つけられなかった。私は小声で「あああ」と言った。選ばれし者の栄誉はあまりに短かった。

ただ、あの金色の輝きが連れていってくれたのか、鬱屈はいつの間にか、きれいに消えていた。

おめでとう、元気で

〈ハシブトガラス〉〈ハシボソガラス〉をずっと〈アシブト〉〈アシボソ〉だと信じていて、カラスを見るたびに足の太さで「あれはアシブト」「あれはアシボソ」と区別していたA。

風呂に漬かって週刊誌を読んでいるうちに眠ってしまい、目が覚めたら溶けたページが体じゅうに張りついて「耳なし芳一」そっくりになったB。

母親の母乳の出がよすぎて噴出する母乳に鼻も口も塞がれて窒息しそうになった恐怖が人生最初の記憶であると語ったC。

オムライスを注文して皮を残しギョウザを注文して中身を残したD。

幼稚園の頃から小瓶にコツコツためていた耳垢を母親に捨てられたことをいまだに恨みに思うと言ったE。

生粋の日本人なのに必ずインド人に間違えられるので怒ってボリビア人と結婚してしまったF。

空腹を極度に怖れバナナを一房つねに紙袋に入れて持ち歩いていたG。

夜中に急に「お玉」が口に入るかどうか確かめたくなって、口の両端が切れたH。

一時期の昼食のメニューがずっと「羊羹一本」だったI。

海ブドウが嫌いでトンブリが好きでイクラが嫌いでタラコが好きで白米が嫌いでおはぎが好きだったJ。

「テレタビーズ」を何より怖れ、夜中に道の向こうからテレタビーズが歩いてくるところを想像しては震え上がっていたK。

イタリアで加藤茶似のベルボーイに好意を寄せられ自分の背丈より大きなヒマワリの花束を贈られて困惑したL。

高校時代、好きだった男の子に手編みの腹掛けをプレゼントして振られたことについて、二十年後にやっと「あれは仕方のないことだった」と思えるようになったM。

「つゆだく」を「液だぼ」、「マスカラ」を「マラカス」、「チャンリンシャン」を「リンシャンテン」といつも言い間違えていたN。

落とした入れ歯を自分の車で轢いたO。

妹と並ぶと母娘に間違われ父と並ぶと兄弟に間違われたP。

大学生の頃「ヘラクレス」というパブでアルバイトをしていた時の革サンダルが今も実

家の押入れにあると主張していたQ。

ケーキ職人を目指して渡仏し今はうどん職人のR。

子供の頃、発熱すると必ずバレリーナと河童が出てくる夢を見てうなされたS。

小学生の頃の日記に「……かどうかは読者の想像にお任せしよう」と書いていたT。

十年前に「花のれん」を「花のんれ」と書き間違えた自分のメモが面白くていまだに捨てられずにいたU。

小学校一年生のとき「将来なりたいもの」の欄に「レイヨウ」と書いたV。

桃に頬ずりをして顔がはれたW。

同じ車に三年で二度ひかれたX。

完璧な英語と福島訛りの日本語をしゃべったY。

「いつか放火する店リスト」と表紙に書かれた小さな手帳を持っていたZ。

じつは同一人物であるFとJ、KとZ。

生きているかどうかもわからないCとIとY。

まだ会ったことのないPとR。

もう会わないG。

もう会えないX。

やばさの基準

ああもう駄目だ今度こそ本当にやばい、というとき、いつも頭の片隅で思うことがある。今の自分とあの宇宙人と、どっちがよりやばいだろうか。

「あの宇宙人」というのは、〈連行される宇宙人〉としてよく知られている写真の中の、あの宇宙人のことだ。

その写真を初めて見たのは小学生のときだった。おそらく何十年も昔に撮られた、粗い感じのモノクロ写真だ。

同じようにトレンチコートを着て、同じように中折れ帽をかぶった西洋人の男の人が二人立っていて、彼らに両側からはさまれるようにして、小さな宇宙人が一人いる。宇宙人は男たちに左右から手をつかまれている。ポーズ的には仲良く三人で手をつないでいるようだが、宇宙人はとても小さい。男たちの腰のあたりまでしか背丈がないので、両手をあげてバンザイをしているような恰好になっている。

この写真がどういう状況下で撮影されたのか、詳しいことはよく知らない。たしかＵＦＯがどこかの国に墜落して、一人だけ生き残っていた宇宙人が当局に連行されたとか、そんなようなことだった気がする。

忘れられないのは、両脇の帽子の男たちが変に笑顔だったことだ。もっと忘れられないのは、バンザイのポーズのまま、片方の男のほうを見上げていた宇宙人の顔だ。

宇宙人は地球人とはかけ離れた容貌をしていた。背は一メートルに満たないぐらいで、体がつるつるでメタリックな光沢を帯びている。頭はひどく小さく毛がなくて、目も鼻も口も点々と穴を開けたように小さい。にもかかわらず、その顔には本当に、これ以上ないくらいありありと不安が浮かんでいた。

自分ハ、イマ、トテツモナクヤバイコトニナッテイル。

私は彼（あるいは〝彼女〟あるいは〝それ〟）の身になって、それがどれくらいやばい感じか想像してみる。

何万光年も離れた故郷の星から、この惑星にやって来た彼。この星で発生が確認された原始的な文明の調査をするのが目的だ。だが宇宙船は着陸に失敗して大破、仲間の乗組員は全員死んでしまった。一人助かったと思ったのも束の間、現地の野蛮な生物に捕らえられてしまった。

私は立ちあがり、両手を高くあげて斜め上を見あげてみる。自分の身長に換算すれば、この両手をつかんでいる生物の身長は五メートル近くあるだろう。しかも自分たちのような美しい銀色の肌ではない、見たこともないような不気味な色の皮膚をして、それを醜い布で包んでいる。私は片方の生物の顔らしきものを見あげるが、それはあまりに高いところにあってよく見えない。そのあたりから、生物は何かしきりに音を発している。言語だろうか。意思伝達をするのに、まさか音声などという原始的な手段を使っているのか。大気の組成が違うらしく、呼吸がひどく苦しい。未開の生物たちが私の手をしっかりつかんで、どこかに連れていこうとしている。私はどこに連れていかれるのか。何をされるのか。きっと痛くて恐ろしいことにちがいない。ああ星に帰りたい。お父さんお母さん友だち。どうか夢なら覚めてください。

そこまで考えてみて、私は悟る。自分の置かれている状況など、あの宇宙人に比べればお花畑でのピクニックに過ぎないと。

ごめんピロロ（仮に名づけた）。私、やばいなんて言う資格、ぜんぜんなかったよ。

そうして私は腰をあげ、そのやばい何かをどうにかするべく、作業にとりかかる。

でもその前にもう一度だけ両手をあげて、自分を捕らえている巨大な生物の顔をふりあおいでみる。

あとがき

存在感の薄い者の常として、私は隠れんぼがとてもうまかった。あまり上手に隠れるので、鬼に最後まで見つけてもらえないうえに、みんな私がいたことを忘れて帰ってしまった。

雑誌「ちくま」で連載していたものをまとめて『ねにもつタイプ』という本にしたのが六年前である。

ふつう雑誌に連載したものが本にまとまれば「はい、もう終わり」と言われるものだとばかり思っていたが、みんな私にそれを言い忘れて帰ってしまった。

人けのない神社の境内に向かって「もういいよ」と呼ぶ。返事はない。もう一度「もういいよ」と呼ぶ。自分の声がこだまする。誰にも見つからないのをいいことに、「もういいよ」に節をつけてみる。変な声で言ってみる。踊りながら言ってみる。だんだん一人で面白くなる。何のために隠れていたんだったか、もうすっかり忘れている。

そうして気づくとまた一冊ぶん溜まっていたので、こうして本にしていただくことになった。六年は長いようで短い。

この本ができあがるまでには、多くの方々のお世話になった。遅れてばかりの原稿を笑顔で待ってくださった筑摩書房の榊原大祐さん。拙い文章にいつも美しいイラストをつけてくださり、本の装丁も担当してくださった、クラフト・エヴィング商會の吉田篤弘さんと吉田浩美さん。連載を読んで励ましてくださったみなさん。そして、そもそもの最初に「ちくま」に連載することを勧めてくださり、その後も私を導いてくださった松田哲夫さん。

本当にありがとうございました。

二〇一二年九月

岸本佐知子

文庫版あとがき

『なんらかの事情』の刊行から気づいたら四年も経っていて、こうしてまた文庫版にしていただき、とても嬉しい。

今回も未収録のものの中からいくつかを選んで微妙に増量してある。前回『ねにもつタイプ』の四本から今回は六本と、微妙な増量本数も微妙に増量となっている。

ところで『ねにもつタイプ』文庫版のあとがきに「べぼや橋」のその後について書いたが（べぼや橋については『ねにもつタイプ』本文参照）、今回さらなる進展があった。この本の装丁とイラストを担当してくださっている吉田浩美さんと吉田篤弘さんから、ある日べぼや橋の跡とおぼしき碑の写真が送られてきたのだ。細長い石柱に〈辺房谷橋〉と書いてある。散歩していて偶然見つけたのだそうだ。ちなみに吉田篤弘さんと私は小学校が同じだ。最初は実在すら信じてもらえず私の妄想の産物と思われていたべぼや橋が、前回の文庫あとがきで目撃証言があらわれ、今回ついに物的証拠まで得られたうえに漢字まで判明して、胸が熱い。次に文庫のあとがきを書く時にはきっと実体化しているにちがいない、べぼや橋。

二〇一六年一月

岸本佐知子

本書は二〇一二年十一月、小社から刊行されました。
文庫化にあたり、単行本未収録回を増補しています。

ちくま文庫

なんらかの事情《じじょう》

二〇一六年三月十日　第一刷発行
二〇二五年九月十日　第七刷発行

著　者　岸本佐知子（きしもと・さちこ）
発行者　増田健史
発行所　株式会社 筑摩書房
東京都台東区蔵前二―五―三　〒一一一―八七五五
電話番号　〇三―五六八七―二六〇一（代表）
装幀者　安野光雅
印刷所　三松堂印刷株式会社
製本所　三松堂印刷株式会社

ISBN978-4-480-43334-3 C0195